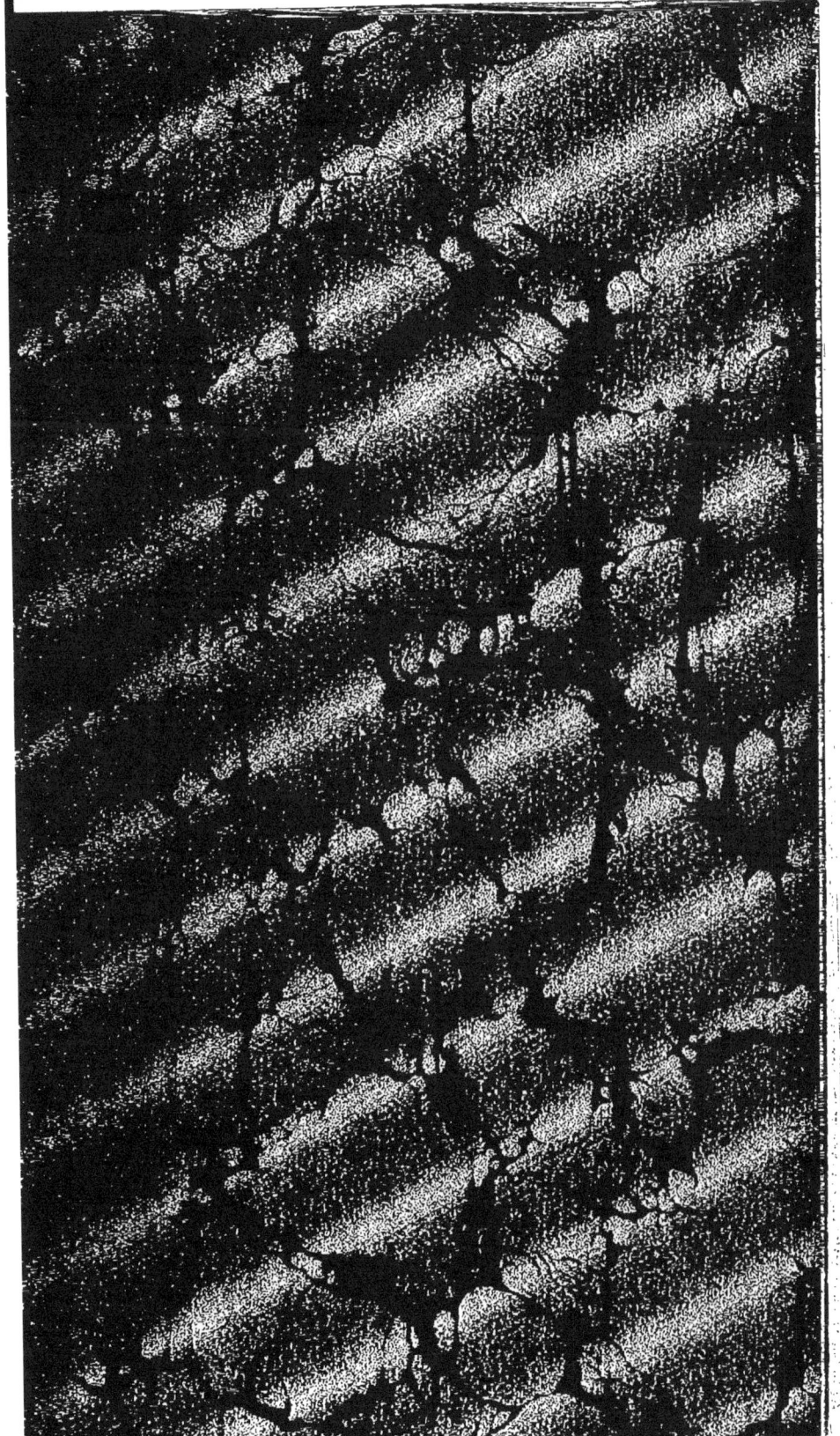

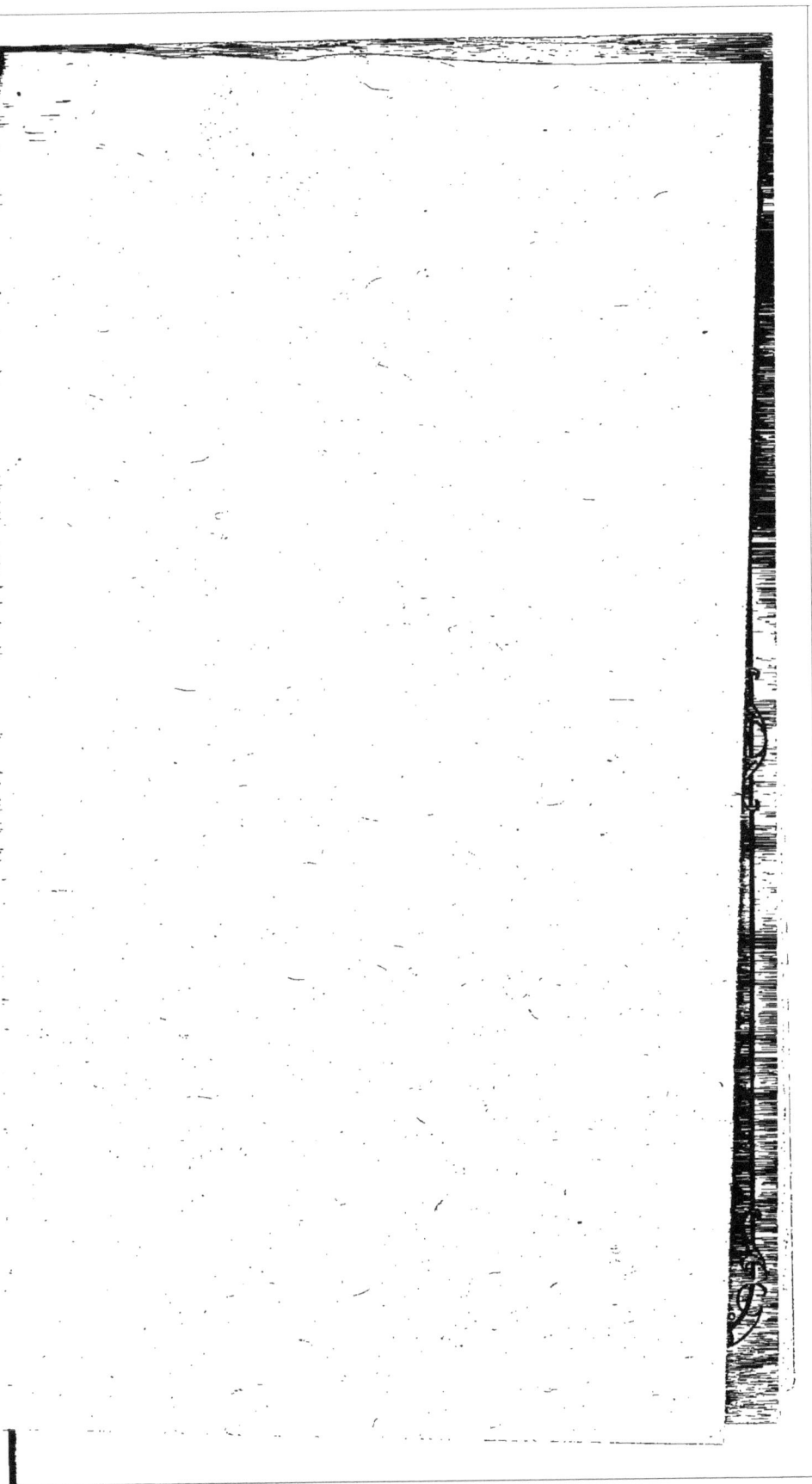

BIBLIOTHÈQUE DES MÈRES DE FAMILLE

L'HÉRITAGE

DE PAULE

PAR

M. MARYAN

PARIS

LIBRAIRIE DE FIRMIN-DIDOT ET Cie

IMPRIMEURS DE L'INSTITUT, RUE JACOB, 56

BIBLIOTHÈQUE DES MÈRES DE FAMILLE

L'HÉRITAGE

DE PAULE

TYPOGRAPHIE FIRMIN-DIDOT. — MESNIL (EUBE).

L'HÉRITAGE

DE PAULE

PAR

M. MARYAN

PARIS

LIBRAIRIE DE FIRMIN-DIDOT ET Cie

IMPRIMEURS DE L'INSTITUT, RUE JACOB, 56

1879

L'HÉRITAGE DE PAULE

I.

— Une triste chose que la vie !.. Ce pauvre du Plantier s'en va.

— C'était prévu, que voulez-vous ! Il avait une maladie qui ne pardonne pas. Voici trois ans qu'il n'existe que par un prodige... Oui, trois ans qu'il n'est venu au palais... Est-ce que vous avez continué à le voir quelquefois ?

— De loin en loin... Un triste intérieur ! Le père est mort ruiné, la jeune femme n'avait qu'une dot insignifiante, et les frais de la maladie, les voyages aux eaux, etc., ont dû absorber le peu d'argent de la maison.

— N'est-il pas veuf ?

— Oui ; sa sœur, une personne remarquablement jolie et intelligente, demeure

avec lui et élève sa fille. Il les laissera sans
ressources... Attendez-moi un instant, mon
cher, nous passons devant sa porte, je veux
demander de ses nouvelles.

Une concierge à l'air maussade se tenait
dans l'allée d'une maison modeste de la rue
des Saints-Pères. Ce fut à elle que s'adressa
le jeune avocat.

— Comment va M. du Plantier aujour-
d'hui?

— Plus mal, répondit-elle d'un air indifférent; il ne passera pas la journée, et il est
temps que cela finisse pour ceux qui le soi-
gnent, ou bien sa sœur tombera malade à
son tour.

Le jeune homme laissa sa carte et s'éloigna. Pendant quelques instants, il resta
plongé dans une rêverie pénible, en songeant qu'un de ses anciens camarades li-
vrait si près de lui la lutte suprême qui, tôt
ou tard, attend chacun de nous; mais il se
laissa peu à peu distraire par la conversation de son compagnon, et lorsqu'il arriva
au palais de Justice, il ne pensait à rien
moins qu'à l'agonisant dont la parole élo-

quente avait jadis retenti sous ces voûtes,
et qu'on croyait alors destiné à un brillant
avenir.

Oui, Pierre du Plantier était à l'agonie.
Le prêtre qui l'avait administré priait à côté
de son lit, tandis que sa sœur Paule, les
yeux secs et fiévreux, les joues pâlies par
la douleur et la fatigue, essayait d'envisager l'horrible vérité, et de se soumettre à
l'insondable décret qui allait la priver de
cette dernière et chère affection.

En ce moment suprême, tous les deuils de
sa vie se retraçaient à son esprit. Elle avait
passé la première fleur de sa jeunesse : elle
avait près de vingt-cinq ans, et sa route
n'avait guère été frayée qu'entre des tom-
beaux. Toute jeune encore, elle avait perdu
sa mère. Les spéculations malheureuses de
son père l'avaient fait passer de l'aisance
à une gêne pénible ; ce père tendrement
aimé était mort lui-même, la laissant à son
fils comme un legs précieux. A peine avait-
elle commencé à sécher ses larmes et à jouir
de l'affection de sa jeune belle-sœur, femme

douce et bonne, que celle-ci fut ravie prématurément à ceux qui l'aimaient, recom-
mandant à Paule, dans un adieu déchirant,
le petit être qui lui avait coûté la vie.

La jeune fille domina son amer chagrin
pour apporter quelques consolations à son
frère désolé. Hélas! il commença dès lors à
languir, et le mal qui se développait plus
rapidement chez lui sous l'influence d'une
douleur ineffaçable ne laissa bientôt plus
d'illusions. Paule l'avait soigné jusqu'au
bout, l'encourageant, le soutenant, essayant
tous les remèdes pour prolonger au moins
cette vie précieuse; mais le moment terrible
de la séparation était cependant arrivé.

Quelle qu'en fût l'horreur pour le jeune
avocat qui laissait son enfant à sa sœur presque sans ressources, celle-ci avait su encore
lui adoucir ces dernières angoisses.

— Anna sera ma fille, et je ne crains pas
le travail, lui avait-elle dit. Dieu aidant, je
gagnerai nos deux vies.

Et telle était la foi du pauvre père en
cette énergie virile qu'il connaissait à sa

sœur, que ses derniers instants avaient été calmes et résignés, pleins de confiance et d'espoir....

Il respirait encore. La vie se traduisait par un souffle imperceptible et des tressaillements légers; mais ses yeux et ses oreilles étaient fermés aux choses de la terre. Le matin, il avait embrassé sa fille, puis il était tombé dans un assoupissement, précurseur de la délivrance... Elle vint enfin. Le souffle cessa de se faire entendre, le corps demeura immobile : l'âme était devant Dieu.

Le vieux prêtre adressa à Paule quelques paroles pleines de cœur et de pitié qu'elle entendit comme dans un songe, puis la quitta pour aller porter à d'autres ses prières et ses consolations. Elle resta longtemps encore immobile, en apparence insensible, se refusant presque à croire que la mort venait d'entrer, et que sur ses jeunes épaules était jeté désormais ce fardeau de la responsabilité, de la maternité, si lourd à porter dans l'isolement d'une vie pauvre et incertaine.

La petite Anna avait été, depuis le matin,

envoyée chez une voisine compatissante.
Une sœur de Bon-Secours vint aider la jeune
fille à remplir les derniers et tristes devoirs
qui lui ôtaient même le loisir de s'abandonner à son chagrin. Le lendemain, elle suivit jusqu'au bout le corps usé dont ses soins
avaient prolongé l'existence, puis, elle se
retrouva seule avec l'enfant dans l'appartement bouleversé par le sinistre désordre qui
suit la mort.

Le lit, recouvert à la hâte, gardait encore
la trace de la forme affaissée qui y avait re-
posé, une odeur d'éther s'était imprégnée
dans les tentures, et rappelait les crises douloureuses de la maladie ; les cierges de la
veillée funèbre, aux trois quarts consumés,
étaient encore dans les flambeaux, et un paquet de billets de part, à la large bordure
noire, se trouvait sur la table.

L'enfant frissonna instinctivement, et
pleura en demandant son père.

Paule la prit sur ses genoux.

— Anna, dit-elle d'une voix presque brisée, ton pauvre papa souffrait toujours, et
le bon Dieu l'a pris dans son ciel, où il est

heureux, et où était déjà ta chère maman.
Nous ne devons pas les plaindre, mais tâcher d'être pieuses et bonnes pour les rejoindre plus tard à la place qu'ils vont nous préparer.

— Pourquoi plus tard? dit la petite fille d'un ton plaintif, j'aimerais mieux y aller maintenant!

Paule tressaillit, et attacha un regard douloureux sur le ciel gris et pâle qui apparaissait au-dessus des maisons élevées. Elle était en ce moment tellement brisée par ces années d'angoisses couronnées par un dénoûment funèbre, qu'elle se sentait lasse de vivre, et qu'elle eût béni la fin de ses épreuves.

— Dieu ne veut pas de nous maintenant, répondit-elle à l'enfant. Il faut gagner le paradis.

— Mais je voudrais.... Oh! je voudrais tant voir papa! dit la pauvre petite créature, sanglotant.

La jeune fille l'appuya sur son cœur et la caressa tendrement.

— Il te voit d'en haut, ma chérie. Moi, je serai ta maman, et quand tu diras à Dieu

Notre Père, il écoutera ta petite voix avec toute sa bonté, parce que tu n'as plus d'autre père que lui.

Quelques instants après, la petite fille, ramenée à d'autres idées par l'heureuse mobilité de son âge, avait repris sa poupée et jouait dans un coin, gaiement, mais silencieusement, ainsi qu'elle en avait pris l'habitude dans cette chambre de malade, et Paule, le coude appuyé sur la table, les yeux tristes et songeurs, s'efforçait de détourner sa pensée de sa douleur cuisante pour bâtir les plans d'avenir qui pressaient, hélas!

Oui, dès le lendemain, il fallait s'occuper de chercher une autre demeure, puis, suppléer par le travail à l'insuffisance de leur petit avoir. Mais là était une grosse difficulté; Paule n'ignorait pas que le labeur intellectuel des femmes est beaucoup mieux rétribué que leur travail manuel; son éducation la mettait à même de donner des leçons productives; cependant la présence d'Anna la retenait au logis. Elle était délicate, cette pauvre petite, qui avait grandi dans une atmosphère de larmes, d'inquiétudes, d'oppres-

sion douloureuse, ses joues étaient pâles, et
son intelligence, hâtivement développée,
était marquée au sceau d'une certaine gravité,
toujours pénible à constater chez l'enfance.
Paule sentait qu'il lui fallait avant tout de
l'air, un exercice prolongé, peu ou point d'application. Il lui semblait donc impossible
de la placer dans une école ; mais alors, que
faire, et à quelle occupation autre que le
travail des mains demander le soutien de
leurs vies ?

La jeune fille, nous l'avons dit, était courageuse. Elle prit sans hésiter toutes les me-
sures que nécessitait sa situation. Quelques
semaines plus tard, ceux des meubles de son
frère qu'elle avait conservés étaient rangés
avec un ordre plein de goût dans deux petites
chambres de la rue de Vaugirard.

Le conseil de famille, composé de parents
éloignés et indifférents, lui avait confié de
grand cœur la tutelle de sa nièce.

1.

II.

— Tante Paule ! s'écria la petite Anna, le lendemain de leur installation, quels sont ces beaux arbres que je vois de la fenêtre ?

Paule, qui préparait dans la pièce voisine leur modeste déjeuner, parut dans la chambre où elle avait placé le lit d'Anna près du sien, et vit l'enfant, pieds nus, enveloppée dans sa longue robe de nuit, et rejetant en arrière, pour mieux voir, les boucles de cheveux châtains qui retombaient sur sa petite figure.

Elle l'enleva dans ses bras, la baisa tendrement, et, s'asseyant sur une chaise basse, commença à l'habiller.

— Ces arbres sont ceux du Luxembourg, ma chérie.

— Quoi, nous en sommes si près ! Alors, je pourrai y aller tous les jours ?

— Oui ; n'es-tu pas contente que j'aie choisi notre nouvelle maison dans le voisinage d'un jardin ?

— Sans doute... Seulement c'est très petit ici, tante Paule; nous n'avons pas de salon, la cuisine et la salle à manger sont dans la même chambre, et je ne sais pas où tu feras coucher notre bonne.

— Nous n'aurons pas de bonne, Anna, dit la jeune fille avec douceur.

— Pas de bonne? Et qui donc me mènera à la promenade?

— Moi, ma chérie.

Anna l'embrassa.

— Ah! tant mieux! C'est si agréable quand tu sors avec moi! Tu as toujours quelque chose d'amusant à me montrer ou à m'apprendre. Tu me diras l'histoire des reines du Luxembourg, n'est-ce pas? Surtout celle de la reine Clotilde, qui était si pieuse, et de Bathilde, qui a des cheveux si longs, encore plus longs que les tiens. Quand il pleuvra, nous entrerons dans le musée, et tu m'expliqueras les tableaux. . Mais nous ne resterons pas longtemps devant celui où il y a des condamnés à mort, tu sais, tante Paule? On en voit un qui touche son front, — j'ai appris des vers de lui, — et puis une pauvre vieille femme... Oh! c'est trop

triste! J'aime mieux regarder la procession
dans les blés, et puis les paysages, et le désert
où il y a un ciel doré et des chameaux comme
celui du Jardin d'acclimatation.... Mais au
fait, tante Paule, qui fera la cuisine, si nous
n'avons pas de servante?

— Ce sera moi aussi.

La petite fille rit de ce rire joyeux qui
n'appartient qu'à l'enfance.

— Est-ce que tu sais cela?

— J'apprendrai, mon enfant; désormais,
nous aurons l'une et l'autre beaucoup de
choses à apprendre,... et beaucoup de choses
aussi à oublier..... Mais tu seras quand même
heureuse, n'est-ce pas, ma petite Anna? Songe
que mon seul bonheur, maintenant, sera de
te voir gaie et bien portante.

L'enfant sourit, puis prit un petit ton câlin.

— Ma tante, puisqu'il te faut tout apprendre, tu pourras aussi bien commencer
par les crêmes et les compotes, n'est-ce pas?
J'espère que tu m'en feras souvent.

Au bout de quelques instants, Paule servit
devant l'enfant un bol de chocolat, tandis
qu'elle-même, tout en allant et venant dans

la chambre, rompait quelques bouchées de
pain.

— Et ton chocolat à toi, petite tante? Tu
en prenais toujours. Veux-tu la moitié du
mien?

— Non, merci, je n'en ai pas besoin.... Dé-
jeune bien vite, nous allons sortir dès que
tu seras prête.

Une demi-heure plus tard, en effet, Paule,
tenant la petite main d'Anna, commençait à
peu près au hasard ses premières démarches
pour trouver de l'ouvrage.

Plusieurs fois, attirée par une affiche où
se trouvaient ces mots : *On demande des ouvrières*, elle entra, le cœur agité de crainte
et d'espoir. On la toisait avec surprise, et
l'on reconnaissait vite, à son ton distingué
et timide, à sa tournure pleine d'élégance
native, qu'on n'avait point affaire à une ouvrière de profession. Or, ces maîtresses d'a-
telier redoutaient son inexpérience, et il leur
semblait en outre gênant d'employer une
vraie dame. Elles trouvaient donc un prétexte
quelconque pour l'éconduire, et la pauvre
fille s'en allait, découragée, les larmes aux

yeux. D'autres fois, on se montrait disposé à essayer de son bon vouloir; mais il s'agissait de passer sa journée hors de la maison, et, ne voulant point se séparer d'Anna, elle ne pouvait accepter qu'un travail fait chez elle.

— N'entrons plus dans ces maisons-là, dit la petite fille en se serrant contre elle; cela me fait honte de te voir demander de l'ouvrage à ces méchantes femmes communes qui te disent toujours non !

— Il ne faut pas avoir honte, Anna; je t'assure que cela m'est pénible, à moi aussi, mais le travail est une chose honorable, et il *faut* que j'en trouve, car nous sommes très pauvres maintenant.

Quand midi sonna, elle ramena l'enfant chez elle. Elle était fatiguée, humiliée de tant d'échecs; mais, accoutumée à s'oublier, elle se hâta de préparer le second déjeuner.

— Tante Paule, nous n'irons plus aujourd'hui dans ces vilaines maisons, n'est-ce pas? demanda Anna avec inquiétude, en la voyant, une heure après, remettre son chapeau. C'est assez pour un jour ! Je t'en prie, allons au Luxembourg !

Paule hésita un instant, puis sourit avec effort.

— Eh bien, dit-elle, j'y consens; allons au Luxembourg.

Elle arrangea avec un tendre soin les boucles brillantes de l'enfant, lui mit son petit chapeau de paille noire, et l'emmena au jardin.

— Puis-je aller trouver mes amies, tante Paule? Si tu veux, je vais te chercher des chaises...

— Non, merci, ma petite Anna, je serai très bien sur ce banc.

L'enfant l'embrassa, puis alla prendre ses ébats au milieu d'un groupe de petites filles, tandis que sa tante, tirant de sa poche un ouvrage à l'aiguille, se laissait aller, tout en la surveillant, à une foule de pensées douloureuses.

Ce n'étaient ni le travail ni les privations qui l'effrayaient davantage dans l'avenir qui s'offrait à elle : c'était une sensation d'isolement dont l'amertume envahissait son âme tout entière. Elle n'avait point de proches parents; pendant les longues années qu'elle avait

passées près de son frère malade, ses relations
s'étaient peu à peu dénouées, et maintenant,
elle n'en possédait plus qui fussent de nature
à la soutenir et à la fortifier. Depuis la mort
de M. du Plantier, absorbée par de pénibles
devoirs, elle avait fermé sa porte; quelques
cartes lui avaient été remises, mais ces visiteurs n'étaient point revenus, et ne se met-
traient sans doute pas en peine de la chercher, alors qu'elle allait vivre de son travail
dans un logement humble, exigu, incom-
plet.

Il est une période de la vie où, soit désil-
lusion, soit besoin de recueillement, on sup-
porte plus facilement la solitude. Mais la
jeunesse est expansive; et il ne faudrait pas
croire que les rudes et constantes épreuves
qui avaient mûri le cœur, l'esprit et la raison
de Paule du Plantier eussent tari en elle ces
sources pleines de fraîcheur et débordantes
de vie que seuls l'âge ou certaines déceptions
dessèchent en nous. Sous beaucoup de rap-
ports, elle était restée très jeune, presque
naïve; et justement parce qu'elle n'avait
joui d'aucun des bonheurs de son âge, il y

avait au fond de son âme une réserve abondante de sentiments vifs, aimants, enthousiastes, expansifs. C'était donc une peine véritable de voir tout cela refoulé, ignoré, d'être obligée de concentrer toutes ses impressions, et de ne pouvoir déposer un instant dans un cœur ami le trop plein de ses douleurs, de ses inquiétudes, ou même les vagues espérances qui, au milieu du sombre horizon, surgissaient parfois devant ses yeux.

Tout à coup, elle entendit près d'elle la petite voix de sa nièce. Un exercice quelque peu violent avait teint ses joues pâles de délicates couleurs, et donné à son regard un éclat inaccoutumé.

— Que veux-tu, enfant? dit la jeune fille, essuyant doucement le front moite d'Anna.

— Oh! tante Paule! si tu voulais m'acheter une balle!

— Mais tu en as une, répliqua Paule, prenant de ses mains une balle en caoutchouc gris, et la faisant rebondir sur le sol.

— Oui, mais il y en a de bien plus jolies là-bas, dans cette petite boutique! Elles sont rouges, vertes, bleues, de toutes les couleurs.

— Je suis sûre qu'elles ne rebondissent pas mieux que la tienne.

— Peut-être, mais toutes les autres petites filles en ont!

Paule attira l'enfant à elle, et l'embrassa tendrement.

— Joue avec ta balle, dit-elle; je ne *peux* pas t'en acheter une autre aujourd'hui...

Les yeux d'Anna se remplirent de larmes, et ceux de la jeune tante se mouillèrent aussi en la voyant s'éloigner, lente et triste.

— Hélas! combien de fois la verrai-je pleurer ainsi! se dit-elle, songeant à cette enfance déshéritée. Mais il vaut mieux commencer dès maintenant... Pour ne pas attrister les derniers jours du pauvre Pierre, j'ai soutenu un train de vie au-dessus de nos moyens... C'est fini, la nécessité est là, nous sommes pauvres...

Quand, le soir venu, elle eut couché l'enfant dans son petit lit blanc, et qu'elle s'assit près d'elle, tenant à la main un volume qu'elle essaya en vain de lire, la même

sensation d'isolement qu'elle avait déjà
éprouvée l'envahit de nouveau, à mesure
que les ombres du crépuscule se glissaient
dans la chambre. C'était l'heure bénie du
repos et de la joie pour les êtres heureux qui
sont entourés d'affections. Elle se souvenait
des premiers temps du mariage de son frère,
des soirées passées dans une douce intimité,
et elle reporta un triste regard sur le visage
endormi et souriant de la petite fille.

Voilà donc ce qui restait de cette famille
si vite fauchée : une enfant frêle et pâle qui
gardait seulement, comme un reflet ou un
souvenir, l'expression douce et tendre des
yeux de sa mère, avec le contour délicat des
traits de Pierre du Plantier !

— Elle est dans ma vie, pensa Paule, un
grand devoir, un grand souci, un grand
amour, plutôt qu'un grand bonheur. Certes,
sa gaieté enfantine me fait du bien ; mais elle
ne m'aimera jamais comme je l'aime ; bien
des années s'écouleront avant qu'elle puisse
être pour moi une compagne, et même alors,
mon cœur flétri ne parlera plus le même
langage que sa brillante jeunesse !

Des larmes obscurcissaient ses yeux; elle les essuya rapidement, et, reprenant son livre, elle se rapprocha de la fenêtre pour profiter des dernières lueurs du jour. Le livre s'ouvrit à ce passage :

« *A chaque jour suffit sa peine.* Celui qui « mesure le vent à la brebis dépouillée de « sa chaude toison, Celui qui vêt les fleurs « des champs d'un tissu que le velours et le « satin ne sauraient égaler, Celui-là a fait « le cœur de l'homme, et sait le fardeau « qu'il peut porter. Demandons au jour le « jour le pain du corps et le pain de l'âme, « la force physique et la force morale. Ne « nous inquiétons pas du lendemain : le « lendemain est à Dieu, et Dieu est notre « Père. »

La nuit tombait, les étoiles apparaissaient une à une au-dessus des arbres du Luxembourg. Paule s'agenouilla, appuya son front sur ses mains jointes, et sentit avec une douceur inexprimable que Dieu est toujours présent, toujours prêt à recevoir les larmes et les prières de ses créatures souffrantes.

III.

(Fragments du journal de Paule.)

Notre vie s'est organisée, — lentement, péniblement, à travers des anxiétés et des humiliations sans nombre pour moi, qui m'efforce cependant d'aplanir à ma chère enfant le sentier ardu de la pauvreté. Depuis longtemps, j'avais dû, hélas! l'habituer à une existence plus étroite; mais, à cause du pauvre malade, j'avais réussi à conserver au moins les dehors de l'aisance, et, même pour Anna, notre situation implique une déchéance évidente.

J'ai trouvé du travail, un travail irrégugulier, mal payé, auquel j'ajoute des copies. Dans la journée, je mène ma nièce au Luxembourg, et, tout en la surveillant, je tire l'aiguille. Le grand air amène sur les joues d'Anna des couleurs plus vives, et contrebalance pour moi-même l'influence fatale d'un labeur exagéré et de privations

continuelles. Le soir, quand l'enfant repose,
je domine de mon mieux la fatigue, et m'at-
telle à mes copies; ma plume court sur le
papier, bien avant dans la nuit, et quand je
reçois le salaire presque dérisoire de tant
d'heures, de tant de veilles, je me dis avec
effroi que si cet argent, ajouté à nos faibles
ressources, défraie nos dépenses au jour le
jour, l'avenir peut nous réserver une maladie, une épreuve qui nous trouvera dépour-
vues.... Je succomberais parfois sous ce fardeau de soucis, et surtout dans cette atmosphère d'isolement, si je n'étais soutenue par
les consolations divines de la religion.

C'est si dur de ne jamais échanger une
idée avec une personne de mon âge, de ne
pouvoir confier à aucun cœur compatissant
les petites blessures de mon cœur souvent
ulcéré! Je m'exerce à envisager toutes choses à un point de vue surnaturel, et à *aimer*
en chrétienne cette pauvreté dont notre
chair a horreur, et que la religion glorifie.
Heureux les pauvres! Mon modèle est né
dans une étable; une crèche a servi de berceau à ses membres délicats; il a travaillé

de ses mains, et mangé le pain de ses
sueurs. Quelle consolation ineffable de penser qu'il a sanctifié, en y marchant le premier, la voie que je poursuis! Je n'avais
pas bien compris, jusqu'à ce jour, ce
que la foi chrétienne a de suave et de ré-
confortant, surtout pour les petits et les
humbles... Malheureusement, la nécessité
d'un travail assidu me proscrit ce que j'aimerais tant : les longues prières dans l'é-
glise recueillie... Le dimanche, je me réfu-
gie avec joie devant les autels, comme l'enfant qui retourne à la maison paternelle;
mais ma chère petite Anna qui ne sent pas
encore, Dieu merci, le poids du fardeau que
je porte seule, ne comprend pas non plus le
besoin de ce remède divin de la prière; pour
elle, j'abrège mes stations à l'église, et notre après-midi du dimanche se passe en
promenades. C'est un jour doublement aimé.
Mon aiguille reste immobile, et je lis, je me
plonge de nouveau dans ces doux loisirs in-
tellectuels que j'ai dû à peu près abandonner
depuis ces dernières années; j'oublie que le
lendemain je coudrai sans relâche, que j'es-

suierai les reproches des marchands, que
mon labeur lui-même peut m'être enlevé, et
que je devrai alors me remettre en quête
d'ouvrage....

―――――

... Quand on est voué à un travail purement manuel, il est fâcheux de posséder un
esprit cultivé et une imagination vive. Parfois, alors que je cherche à m'absorber dans
ma tâche machinale, il me semble que
mon aiguille, en courant dans le linge, active encore la marche précipitée, ou, pour
mieux dire, le tourbillon de mes pensées. Je
ne sais pas toujours me reposer dans une
confiance d'enfant... Il est des moments où
je me sens écrasée par la perspective de cette
longue vie, si monotone, si triste, qui paraît
devoir être mon lot, et où j'envisage avec
une amertume involontaire ce qui attend
ici-bas ma pauvre petite Anna. Car enfin,
que puis-je rêver pour elle? Je tâcherai de
lui épargner mon labeur ingrat et impro-
ductif; j'en ferai une institutrice... Mais

dans cette voie, que de déboires, de luttes, d'humiliations souvent! Et qu'il me semble dur, en lui donnant ses leçons, en l'initiant aux premiers éléments de la science, de songer que tout ce que je lui enseigne ne servira pas à orner son esprit pour le bonheur d'un foyer paisible, mais à lui procurer un pain chèrement acheté.... Ma pauvre petite!... Elle joue, insouciante, avec des enfants plus riches qu'elle, sans penser que sa vie sera dure et laborieuse; mais déjà ses petites lèvres frémissent devant la coupe amère qui leur est parfois présentée.

— Pourquoi donc n'as-tu pas de gouvernante? lui dit quelquefois une de ses compagnes...

On lui demande où elle demeure, pourquoi elle met le dimanche la même robe que les autres jours. La pauvreté produit son fruit âcre; la mignonne chère rougit, souffre de ces questions, cherche à les éluder : elle a *honte!*

J'ai songé à l'éloigner de ce contact parfois dangereux, parfois menaçant pour sa

2

tranquillité. Mais sa santé ne souffrirait-elle
pas d'un isolement absolu? Ces enfants sont
ses anciennes compagnes, il lui coûterait
de ne plus se mêler à leurs jeux...

———————

J'ai éprouvé aujourd'hui une douleur dont
mon pauvre cœur s'exagère peut-être l'a-
mertume. Le temps était très calme, très
doux, et comme il avait plu ces jours derniers, Anna se réjouissait depuis le matin
à l'idée de passer sa journée au Luxembourg.

Seulement, comme nous nous disposions
à partir, elle me dit, en rougissant et en hé-
sitant un peu :

— Tante Paule,... pourquoi n'apportes-
tu pas au jardin un ouvrage comme celui
des autres dames?....

J'achevais en ce moment d'empaqueter
des serviettes que j'avais à ourler pour le
lendemain, et je lui répondis tranquillement :

— Les autres dames, Anna, peuvent employer leur temps à leur guise, et faire du cro-
chet ou de la tapisserie; je conviens que ce

sont des ouvrages beaucoup plus commodes
à transporter, et j'ajoute qu'ils m'amuse-
raient davantage; mais tu sais que ces serviettes me sont payées, et que j'ai besoin
d'argent.

Elle ne répliqua rien, mais jeta un triste
regard sur nos chapeaux, que je venais d'at-
teindre.

— Ils sont déjà fanés, tante Paule, ne
trouves-tu pas?

— Oui, le soleil et la poussière ternissent
la gaze; mais j'espère pouvoir travailler
assez, d'ici à la Toussaint, pour te donner
un chapeau moins léger pour l'hiver.

En arrivant au Luxembourg, je me di-
rigeai vers ma place habituelle, sous les
arbres touffus qui dominent la fontaine Mé-
dicis. Il y avait déjà sur le banc une dame
âgée, dont le visage était à demi caché par
une visière verte. Il était de très bonne
heure, et il ne se trouvait presque personne
sous les arbres... Quelques vieillards, des
étudiants passant gaiement, un livre ou une
serviette sous le bras. Anna s'ennuyait,
ses amies n'étaient pas encore arrivées.

Tout à coup, je la vis de loin abordée par deux petites filles fort élégantes, qui, s'ennuyant aussi sans doute, venaient d'entamer avec elle une conversation animée. Je me réservai de lui faire plus tard une observation à ce sujet, car je redoute pour les enfants les relations inconnues. Peu à peu elles se rapprochèrent, et j'entendis l'une des petites filles demander en me désignant :

— C'est votre gouvernante?

Je regardais mon enfant à la dérobée; je la vis rougir, se troubler, et sa petite voix cruelle balbutia ce mot qui me fit tant de mal :

— Oui...

Je fus blessée aussi douloureusement que si Anna eût été une femme et non pas une enfant insouciante. Une larme mouilla mon ouvrage, et je me sentis envahir par un accès de tristesse indescriptible. Quand je relevai la tête, je vis, fixé sur moi avec un intérêt qui m'étonna, le regard de la vieille dame sous son bandeau vert.

Je rougis involontairement, et me remis à travailler. Au bout de quelques minutes, Anna revint vers moi, tout en pleurs.

— Oh! tante Paule!... Elles ne veulent plus jouer avec moi, parce que leurs amies sont arrivées maintenant, et que.... que j'ai un vieux chapeau!..

Ma pauvre chérie!.. Elle était punie par où elle avait péché, dans sa vanité enfantine; mais son petit cœur se gonflait si fort sous l'étreinte de l'humiliation, que je la pris sur mes genoux, et la calmai par mes caresses.

Tout à coup, la vieille dame se pencha vers elle, et, lui prenant la main, dit avec une douceur mêlée de tant de dignité que je ne songeai pas à m'étonner de cette intervention soudaine :

— Ces petites filles sont sottes et ont un mauvais cœur; ne jouez plus avec elles, elles vous rendraient méchante, mon enfant.... Voyez comme votre tante est tendre pour vous! N'avez-vous rien à vous reprocher envers elle ?

Anna la regarda d'un air à la fois surpris et indécis, ne semblant pas comprendre.

Je la serrai plus fort contre moi.

— Tu as eu honte de ta pauvre Paule! murmurai-je.

2.

Elle poussa un petit cri douloureux, cacha son visage sur mon épaule, et se remit à
sangloter.

— Ne pleure plus, mon enfant, tu ne savais pas ce que tu faisais; je t'aime trop pour
t'en vouloir... Allons, calme-toi, nous allons
nous éloigner d'ici;... veux-tu venir dans la
pépinière?

Elle me couvrait de baisers; mais moi, je
souffrais encore, et de plus mon cœur sai-
gnait à la pensée que la chère petite avait
été mise à l'écart parce que *son chapeau
était fané...*

— Allons-nous-en, tante Paule, dit-elle
quand elle fut calmée; je t'en prie, retournons à la maison !

Comme je repliais mon ouvrage pour la
satisfaire, la dame assise près de moi me
toucha doucement le bras :

— Oserai-je vous demander un petit service? me dit-elle d'un ton plein de grâce et
de distinction. Ma servante devrait être ici;
je trouve l'air un peu frais, et je ne puis
pourtant rentrer seule... Voudriez-vous être
assez bonne pour regarder si, au bout de

l'allée, vous n'apercevez pas une femme
en noir, portant une coiffe bretonne à longues barbes relevées?

Je fis aussitôt quelques pas dans la direction indiquée, mais ne vis rien.

— Me suis-je trompée en lui indiquant
l'heure? murmura la dame péniblement agitée. Ma vue est si mauvaise ! Je n'ose me ris-
quer dans la rue....

— Si vous vouliez accepter mon bras?
dis-je, poussée par un sentiment bien naturel de respectueuse sympathie.

— Ce serait indiscret, je marche lentement, et votre temps est précieux...

— Oh ! laissez-moi vous rendre un si léger
service ! répliquai-je avec le désir sincère
de lui être utile. Il m'arrive si rarement d'aider les autres maintenant!..

Elle attacha sur moi un regard doux et pénétrant, puis se leva et prit mon bras, tandis
qu'Anna, comme pour expier sa faute, s'emparait malgré moi de mon volumineux ouvrage.

Cette dame était très grande, très droite,
un peu maigre. Sa peau fine et blanche gar-

dait cette délicate fraîcheur, si séduisante
chez certaines vieilles femmes; ses traits à
demi cachés par l'ombre de l'abat-jour, étaient
énergiques et distingués. Elle était vêtue de
noir, sa toilette n'indiquant ni un souci exagéré, ni un mépris affecté des lois de la
mode. Son voile de dentelle retombait sur
une chevelure blanche et soyeuse, disposée en boucles légères.

— Merci, me dit-elle, j'accepte et vous
suis reconnaissante... Je demeure rue de
Vaugirard, 32; cela ne vous éloigne pas
trop de votre route?

— C'est aussi notre maison! s'écria vivement Anna.

— Vraiment! dit la dame, d'un accent où
je crus découvrir un certain empressement,
ou tout au moins de la bienveillance. Comme
on vit étrangers les uns aux autres à Paris!
ajouta-t-elle. On ne connaît pas ses voisins,
et je ne me doutais pas de votre présence
dans cette maison. L'habitez-vous depuis
longtemps?

— Depuis six mois.

— Et moi, depuis trois mois... Je suis venue

à Paris pour demander les conseils d'un oculiste.... Je crains de vous adresser des questions indiscrètes, mais une personne jeune et obligeante comme vous inspire à une vieille femme un intérêt bien explicable... Vivez-vous seule avec cette enfant?

Oh! que cela fait du bien de sentir percer en effet un intérêt réel dans les paroles qu'on vous adresse, surtout quand, ainsi que moi, on n'est entouré que d'étrangers plus ou moins hostiles !..

Je lui dis en quelques mots notre isolement; il me semblait tout naturel de me confier à cette belle vieille femme à la fois imposante et sympathique. Elle s'appuya plus fort sur mon bras, jusqu'au moment où nous nous arrêtâmes devant sa porte, au troisième étage.

Elle me remercia et embrassa Anna. J'avais presque espéré qu'elle m'exprimerait le désir de me voir, ou du moins qu'elle m'accorderait la permission de venir chez elle, mais il n'en fut rien. Et quand, ce soir, je me suis trouvée seule, je me suis sentie de nouveau envahie par le souvenir amer de cette

journée; — oui, amer, puisque ma chère
enfant a subi une humiliation et n'a pas
osé m'avouer pour sa tante, — amer encore,
parce qu'après avoir vu luire un fugitif rayon
de sympathie, je me suis retrouvée dans les
ténèbres, dans le cercle d'isolement que trace
autour de moi ma pauvreté.

Sursum corda!... Elle dort paisiblement,
la chère et ingrate petite créature; sa respiration calme et douce caresse mon oreille
et rompt seule le silence triste de la chambre; un vague sourire se joue sur ses lèvres
entr'ouvertes, comme si un rêve joyeux
l'entraînait dans des sphères plus riantes...
Les bruits du dehors ont cessé; à peine, de
loin en loin, le roulement d'une voiture vient
me rappeler que j'habite une grande ville.
Ma montre marque minuit. Quelle sensation
cruelle de solitude j'éprouve à cette heure!..
Je sentais le besoin d'épancher mon pauvre
cœur... Maintenant je reprends mon aiguille;
je vais coudre sous l'œil de Dieu qui me voit
et qui me soutiendra avec mon cher et précieux fardeau... O Seigneur!.. vous êtes la
sagesse même, et savez ce qui nous convient;

mais si dans vos desseins la pauvreté doit rester notre lot, donnez-moi du courage pour la supporter, faites que cette innocente enfant en retire la saveur amère, mais fortifiante de la vertu, et non le suc empoisonné d'une coupable souffrance, d'un sentiment d'envie !...

IV.

Ce soir-là, tandis que la petite lampe solitaire de la jeune fille éclairait sa veillée laborieuse, la belle vieille dame du Luxembourg était assise dans son salon, agitée, anxieuse, bien qu'une expression de joie, mais de joie inquiète, animât son visage. Elle avait quitté sa visière verte, un vaste abat-jour voilant la lumière de la lampe, et ses traits apparaissaient dans leur sévère et cependant sympathique beauté. Nul bonnet ne recouvrait son épaisse chevelure d'un blanc de neige, et une ample robe de chambre flottante en étoffe noire retombait en plis épais autour de sa taille mince et élevée.

Les meubles qui l'entouraient n'étaient point

les siens ; mais avec des fleurs, des albums, des livres, disposés avec cette science toute féminine, ce don d'organisation qui rayonne si délicieusement dans un intérieur, elle avait introduit dans ce salon étranger, dont elle était l'hôte de passage, quelque chose de confortable, de recueilli, d'intime. Elle marchait de long en large dans la chambre, s'approchant sans cesse de la pendule, et prêtant l'oreille au roulement des voitures qui, à cette heure avancée, ne se faisait plus entendre qu'à intervalles éloignés.

La porte s'ouvrit, et une femme d'un aspect original se montra sur le seuil. Elle était grande, maigre, jaune et osseuse. Sa robe de drap, un peu courte, laissait voir des bas noirs et de larges pieds chaussés de souliers à boucles. Un petit châle, un tablier noir, une coiffe de mousseline unie telle qu'en portent les paysannes d'Ille-et-Vilaine, lui composaient un costume presque monastique.

— Il n'est qu'onze heures, madame, dit-elle d'un accent de reproche ; M. Alain n'arrivera pas avant une heure d'ici, et vous

vous agitez déjà à vous rendre malade!
Restez tranquillement assise, prenez garde
que vos palpitations ne vous reprennent;
je n'aime pas les taches rouges qui se mon-
trent sur vos joues. Et n'ouvrez pas ainsi
la fenêtre! Vous n'avez pas votre visière,
et l'air de la nuit est dangereux pour vous,
on vous l'a répété.

— Vous avez raison, Mathurine, répondit
sa maîtresse avec douceur. Mais je suis si
impatiente! Songez qu'il y a trois mois que
je n'ai embrassé mon fils! Je voudrais voir
s'arrêter la voiture devant ma porte, je voudrais voir sa tête levée vers ma fenêtre...

— Il est trop tôt, prenez patience. Si je
savais mieux lire, je vous distrairais un peu;
mais de mon temps, on n'envoyait guère les
enfants à l'école...

Mme de Vouvres se rassit, puis dit tout
à coup :

— Avez-vous pris les renseignements que
je vous avais demandés, Mathurine?

— Sur la demoiselle du cinquième? Oui,
j'ai parlé à la concierge. Elle paie exacte-
ment son loyer, quoiqu'elle ne soit point

riche; elle travaille sans cesse, soigne la petite comme si c'était sa fille, et n'a pas reçu
une seule visite depuis qu'elle est dans la
maison. Ce soir, je l'ai vue à Saint-Sulpice,
dans la chapelle de la Vierge; elle priait
comme une vraie sainte!

— Pauvre enfant!... Quel est son nom?

— J'ai si peu de mémoire que j'ai prié la
concierge de me l'écrire.

Elle tira de sa poche un chiffon de papier.

— Ne cherchez pas à lire ce soir, dit-elle
d'un ton d'autorité; cela pourrait vous faire
du mal.

— Pour une ligne! dit en souriant Mme
de Vouvres.

— Oui, oui, pour une ligne, répliqua la
servante, d'un accent à la fois bourru et affectueux. Je ne vous laisserai pas désobéir
au médecin. Vous avez déjà eu tort de quitter votre visière.

— Oh! Mathurine, mon fils sera si heureux
de revoir mes yeux sans cette triste chose
verte!

— Eh bien, soit; mais vous n'aurez pas
mon papier ce soir, j'ai eu assez de peine à

le déchiffrer moi-même. La concierge m'a encore dit que, quoique bien pauvre, cette demoiselle est généreuse, qu'elle ne lui demande jamais un service sans le payer.

— Merci, Mathurine. Demain j'irai voir cette jeune fille, puisque c'est une personne intéressante et honorable.

— Pourquoi tant vous presser? riposta la vieille femme, qui semblait douée de l'esprit de contradiction. J'espère que vous n'allez pas introduire chez nous des aventurières sans avoir d'autres renseignements que ceux de la loge! Vous vous privez de tout pour les autres; mais encore faut-il que ceux à qui vous donnez soient dignes de votre intérêt.

— Mathurine! dit Mme de Vouvres d'un ton sérieux.

Sans doute la servante connaissait cet accent et ce regard, car elle reprit d'une voix plus douce :

— Ne croyez pas que je veuille vous détourner de faire le bien!

— Non, Mathurine, cela, je ne le croirai jamais; votre cœur est meilleur que votre langue; et si, à votre âge, vous êtes encore

obligée de servir, nous savons que vos gages
ont été employés à élever vos neveux orphe-
lins.

— Beau mérite! grommela Mathurine.
Qui est-ce qui leur aurait donné du pain, je
vous le demande, si leur tante leur en avait
refusé! Et quant à servir, j'aurais cinq cents
francs de rente que je ne pourrais me passer de vous gronder, ni vivre sous un autre
toit que le vôtre.

— Écoutez! dit tout à coup Mme de Vouvres. Une voiture!.. Je suis sûre que notre pendule retarde, et que c'est lui!

Elle ouvrit vivement la fenêtre et s'y pencha. Un fiacre apparaissait au bout de la rue
silencieuse et déserte; il s'avançait paisiblement, trop lentement au gré de la mère impatiente. Enfin, il s'arrêta devant la maison,
et un homme en sortit aussitôt.

Mme de Vouvres se retira précipitamment
de la fenêtre.

— C'est lui! dit-elle d'un accent ému.

— Bon! bon!.. On sait bien que c'est lui!
Mais vous n'êtes pas raisonnable; vous voilà
blanche comme un linge, et il va croire que

votre vieille Mathurine vous a mal soignée.

Mais sa maîtresse ne l'entendait plus. Elle avait ouvert la porte de l'appartement, et, penchée sur la rampe de l'escalier, le cœur battant de joie et d'anxiété, elle prêtait une oreille attentive.

Un pas lent se fit entendre aux étages inférieurs, accompagné d'un bruit sourd et étrange.

Une contraction douloureuse bouleversa les traits de la mère, mais s'effaça rapidement pour faire de nouveau place à un accès de bonheur intime.

— Alain! murmura-t-elle toute tremblante.

— Ma chère mère! répondit une voix mâle, adoucie en ce moment par une tendresse joyeuse.

Un instant après, elle était pressée entre les bras de son fils, et, assis l'un près de l'autre dans le petit salon, ils se regardaient avec ce sentiment inexprimable qui semble, par son intensité, vouloir réunir en un instant les joies perdues pendant l'absence.

Ils étaient bien semblables, cette mère et

ce fils, car si l'une avait atteint la vieillesse, tandis que l'autre était dans la force de l'âge, le même reflet d'intelligence, de noblesse, de loyauté, animait des traits presque identiques. On voyait que la mère n'avait pas seulement donné à son fils avec l'être physique sa beauté, sa haute stature, ses yeux pénétrants, vifs et doux, mais qu'elle avait façonné à son image aussi l'âme qui lui avait été confiée.

Il avait environ trente-cinq ans ; il était grand, maigre, nerveux ; son visage était brun, d'un dessin sévère. Ses cheveux coupés ras laissaient dégarni un front plein de pensées ; son profil aquilin était énergique, ses lèvres fermes ; ses yeux noirs avaient un regard perçant, et l'aspect de toute sa personne était rendu plus mâle encore par des blessures glorieuses : la cicatrice d'un coup de sabre traversait d'une raie rouge son front élevé ; et si sa démarche était lente et difficile, si à chacun de ses pas un tressaillement mal réprimé agitait sa mère, c'est qu'il traînait après lui..... une jambe de bois !...

Restée veuve jeune encore, Mme de Vou-

vres avait consacré ses modestes revenus à
donner à son fils une éducation brillante. La
vocation d'Alain l'entraînait vers la carrière
des armes ; mais il eût fallu se séparer de la
mère si tendre dont il était désormais l'unique joie, et, pour l'amour d'elle, il entra au
barreau. Cependant, quand éclatèrent les
premiers et fatals désastres de la campagne
de France, ses instincts s'éveillèrent, son pa-
triotisme frémit, et il abandonna sans arrière-
pensée la position qu'il était en voie de con-
quérir. Sa mère trouva du courage, non pas
seulement dans l'amour ardent du pays en-
vahi, — ce sentiment semble peu de chose
à l'amour maternel et presque sauvage de
celles qui envoient aux champs de bataille
la chair de leur chair, l'espoir de leur vie, —
mais surtout dans sa foi inébranlable de chrétienne. Elle le suivit de ses larmes et de ses
prières, et bientôt, hélas ! fut appelée à veiller près de son chevet sanglant. Après des
angoisses sans nombre, il revint à la vie ; —
un bout de ruban rouge ornait sa bouton-
nière, mais dans la maison retentissait désormais le bruit navrant de cette jambe de bois

qui faisait de lui, à trente ans, presque un vieillard.

Cacha-t-il à sa mère l'amertume de cette épreuve, les espérances détruites qui gisaient au fond de son cœur comme dans un tombeau, ou bien puisa-t-il réellement dans la conscience du devoir accompli un dédommagement et une consolation? Nul ne put le savoir, car jamais une plainte ne sortit de ses lèvres, et sa gravité sereine ne se démentit pas un moment. Il reprit ses plaidoiries, et la sympathie qu'inspiraient à la fois son talent et sa personne en fit bientôt un des avocats les plus recherchés du barreau de Rennes. Il y avait dans son éloquence quelque chose de nerveux qui rappelait ses instincts de soldat, et ses amis lui disaient souvent qu'il était fait pour un autre théâtre, et que Paris devait l'attirer. Mais il tenait trop à la tranquillité et au bien-être de sa mère pour l'éloigner de sa ville natale, pour changer ses habitudes, et compromettre sa petite fortune en tentatives d'avenir. D'ailleurs, il était de ces âmes exceptionnellement hautes, sereines et désintéressées qui n'ont point d'ambition. Peut-être avait-il vu la mort de trop près pour se laisser leurrer par des appâts mondains; peut-être son infirmité l'avait-elle assez désillusionné pour qu'il fût insensible au vain bruit de la renommée. Il poursuivit donc sa carrière dans un milieu honorable et modeste, jouissant de ses triomphes pour les causes dont il était le défenseur plutôt que pour lui-même, et ne perdant jamais de vue la règle de conduite qui était en même temps la consolation de sa vie : Alain de Vouvres était un chrétien sincère et convaincu, et ses amis se racontaient qu'il avait pris pour devise : Travailler avec autant d'ardeur que si l'on devait vivre toujours, avec autant de désintéressement que si l'on devait mourir demain.

V.

— Mon cher enfant!.. Nous nous retrouvons enfin, je vais te posséder pendant quelques semaines, bien à moi, après cette longue séparation! Nous sommes au 1er sep-

tembre; jusqu'à la rentrée des tribunaux, il
faut te reposer, et jouir de notre réunion.

— Je dois d'abord te regarder, dit-il, recu-
lant un peu son fauteuil. Tes beaux et chers
yeux sont plus vifs et semblent presque gué-
ris. Est-il prudent, cependant, de quitter le
bandeau qui les abrite? Laisse-moi baisser
cet abat-jour.... J'irai dès demain remercier
le savant docteur qui a fait cette cure merveilleuse... Quand me rend-il ma chère mère?

— Il exige encore deux mois de traitement;
nous repartirons donc ensemble, et d'ici là,
je patienterai en songeant au bonheur à
venir. J'ai tant de hâte de mettre un terme
à cette inaction douloureuse!

— Est-il bien vrai que tu restes inactive?

Son regard erra un instant autour de lui,
et s'arrêta sur une pile d'objets tricotés, placés dans une corbeille.

— Tes doigts ont travaillé, mère, dit-il en
souriant. Cette bonne sœur de charité dont
tu m'as parlé, va sans doute être chargée de
ta distribution?

— Oui, c'était dans nos conditions... Sœur
Rose écrivait mes lettres, et je la payais en

travaillant pour ses pauvres. Heureusement je tricote sans y voir! Mais je voulais parler de la peine que j'éprouve à ne jamais plus lire. La pauvre Mathurine s'y essayait de son mieux; cependant son organe, ses hésitations, ses quiproquos étranges m'ont forcée à interrompre ces tentatives.

— Ma pauvre mère! Il eût cependant fallu aviser à cela; tu connais peu de monde à Paris, le temps semble terriblement long... Il doit être facile de trouver une lectrice qui, pendant une ou deux heures....

— C'est inutile maintenant, puisque te voilà. Te me consacres tes vacances, nous allons reprendre notre chère vie en commun. Ces deux mois qu'il me faut encore passer ici me paraîtront délicieux avec toi, et, ce temps écoulé, tu me ramèneras chez moi. Je serai heureuse de m'y retrouver.

— La maison est vide; ce n'est plus *la maison* sans toi, répondit-il; et cet appartement, rempli de meubles de rencontre, mais marqué déjà au cachet de tes habitudes et de ta présence, me semble en ce moment plus cher

et plus familier que celui de là-bas... Mais,
chère mère, je ne peux pas reculer plus longtemps devant une communication pénible...
D'ailleurs, il en sera ce que tu voudras, je
m'en remettrai à ton conseil... Dorbes a fait
faillite.

— Le malheureux ! murmura Mme de Vouvres, sur les traits de laquelle s'était tout à
coup répandue une expression inquiète.

— Oui, je lui avais donné l'avis de ne pas
se lancer dans l'industrie avec le peu de ca-
pacité commerciale qu'il possède... Depuis
deux ans, ses affaires allaient de mal en pis ;
aujourd'hui, il est ruiné, et il me supplie de
me charger de la liquidation de ses affaires....

— Eh bien ? dit vivement la mère, regardant anxieusement son fils.

— Eh bien, si j'accepte, il faudra que je
consacre mes vacances à cette opération em-
brouillée et délicate, et que je te quitte dans
quelques jours.

Mme de Vouvres tressaillit.

— Oh ! je ne puis plus supporter ma solitude dans ce Paris! murmura-t-elle d'une voix altérée.

— Dorbes est mon ami, dit Alain doucement.

— Je le sais; mais dois-tu toujours tout sacrifier à ces labeurs ingrats? Tu as besoin de repos, et moi j'ai besoin de toi... Il y a d'autres avocats, Alain.

— Comme tu voudras, mère; je t'ai promis mon temps, et suis disposé à tenir un engagement qui, tu le sais, m'est particulièrement cher.

Il y eut un léger silence, que Mme de Vouvres rompit la première.

— Veux-tu prendre quelque chose, Alain? Du bouillon, du café, un peu de thé?

— Merci, mère, je ne prendrai rien. Il est tard, et les veilles doivent t'être défendues; conduis-moi donc à ma chambre; mais auparavant, laisse-moi aller voir notre bonne Mathurine, qui pousse la discrétion bien loin, aujourd'hui, puisqu'elle n'est pas encore venue m'embrasser.

Quelques instants après, Mme de Vouvres installait son fils dans un petit cabinet

voisin de sa chambre. Il jeta autour de lui
un regard satisfait : sa mère avait réuni
dans cette pièce exiguë tout le confortable
possible. Quelques brochures nouvelles et
des journaux étaient jetés sur la table, et
elle avait même eu l'attention de placer
quelques bons cigares dans une petite
boîte qu'elle ouvrit en souriant.

— Merci, dit Alain avec tendresse, je vais
fumer un londrès avant de me mettre au
lit. Comme toujours, ma chère mère a pensé
à tout ce qui pouvait m'être agréable.

Il ouvrit la fenêtre. Le cabinet donnait sur
la cour, que la maison encadrait de trois
côtés. L'obscurité était à peu près complète.
Au cinquième étage, seulement, une lumière attira l'attention du jeune homme;
elle était d'autant plus visible que la fenêtre
était ouverte. Dans la partie de la chambre
qui se trouvait ainsi éclairée, on pouvait voir
passer et repasser une ombre de femme
grande et svelte; bientôt elle se rapprocha
de la fenêtre comme pour la fermer, puis
sembla se raviser, et demeura immobile,
appuyée sur le petit balcon dans une pose

pleine de chaste abandon, et paraissant ir-
résistiblement attirée par la beauté de cette
soirée. L'air était doux; un ciel plein d'é-
toiles, borné du côté de la maison par les
hautes murailles, s'étendait au-dessus d'un
petit jardin dont les arbres immobiles formaient des masses sombres sur ce fond à
demi lumineux. Tout cela, ainsi resserré
dans d'étroites et vulgaires limites, offrait
un aspect dont le charme, à la vérité, ne
devait être goûté que par un esprit délicat
et raffiné. Le regard de la jeune fille semblait s'égarer dans ces profondeurs étoilées,
et rêver des libres horizons qui s'étendaient
au delà de la grande ville populeuse où
la retenaient sa pauvreté et le besoin d'un
travail incessant. A quoi songeait-elle? Quels
vagues désirs d'espace, d'immensité, d'air
pur, de repos, de poésie, agitaient cette
pauvre créature fatiguée et isolée? On ne
pouvait en ce moment distinguer d'elle que
sa taille élégante, la masse de ses cheveux
foncés, et la pose à la fois gracieuse et alan-
guie de son bras, qu'une manche flottante
découvrait à demi.

Alain garda quelques instants les yeux fixés sur elle, et lorsqu'il se retourna, il vit sur les traits de sa mère une expression de douce et profonde compassion.

— Pauvre fille!.. murmura-t-elle avec un soupir.

— Est-ce que tu la connais? demanda Alain. Au fait, ajouta-t-il avec un tendre sourire qui prêta à sa physionomie un charme réel, au fait, je ne devrais pas le demander; si elle est malheureuse, ton instinct charitable ne t'aurait pas permis de vivre sous le même toit sans la soulager.

Une ombre de mélancolie passa sur le visage de Mme de Vouvres.

— Tu te trompes, Alain, dit-elle. On ne songe guère à s'occuper de ses voisins à Paris : j'ai suivi moi-même cette pente égoïste, et qui conduit à s'isoler; mais cependant, mes mauvais yeux m'ont peut-être seuls empêchée de remarquer cette jeune fille avant aujourd'hui... Elle m'a rendu avec une grâce extrême un léger service, et j'ai fait prendre sur son compte quelques informations... D'après ce qu'on m'en a dit et ce que que j'en ai vu, elle paraît être de bonne famille; mais elle est réduite à vivre de son aiguille et à gagner, non seulement sa vie, mais celle d'une jeune nièce qu'elle élève....

Alain ne répondit rien, et commença à ranger quelques-uns des objets que contenait son sac de voyage. Mme de Vouvres garda les yeux attachés sur la fenêtre de Paule, et resta pensive.

Presque au même instant, dans le silence de la nuit, un appel se fit faiblement entendre :

— Tante Paule !

La jeune fille s'arracha brusquement à sa contemplation et ferma la fenêtre. La lampe disparut aussitôt, et tout fut plongé dans l'obscurité.

Mme de Vouvres sortit de sa rêverie, et regarda son fils avec une expression sérieuse et émue.

— Alain, dit-elle avec un peu d'hésitation, si tu te chargeais de cette liquidation, tu donnerais tes conseils gratuitement à ton ami?

— Tu sais bien que oui, mère, répondit-il, attachant sur elle un regard attentif.

— Ce que c'est que la pente et l'associa-
tion des idées ! reprit-elle avec un sourire
pensif ; je ne sais comment la lampe solitaire de cette pauvre jeune fille de là-haut
m'a fait honte de mon égoïsme... Tu par-
tiras quand tu voudras, Alain ; un autre ne
rendrait pas les mêmes services à ton ami.
Dieu merci, je ne t'ai pas enseigné jusqu'ici
à préférer ta vieille mère à une bonne ac-
tion.

Il la pressa silencieusement sur sa poitrine, et l'embrassant avec un tendre respect :

— Je savais bien que tu me conseillerais
de partir, dit-il doucement.

VI.

Depuis quelques jours, Paule avait moins
d'ouvrage. Ce matin-là, elle sortit avec Anna
pour rendre à la lingère qui l'employait le
travail terminé. Elle fut accueillie par un
bonjour sec et l'ordre d'attendre quelques
instants. Bientôt la lingère parut.

— Il est inutile de revenir, mademoiselle, lui dit-elle d'un ton dégagé. Nous avons peu de besogne en ce moment ; les affaires ne vont pas, et nous ne pouvons plus donner d'ouvrage au dehors.

La jeune fille pâlit, et ses mains se joignirent instinctivement.

— Est-ce que vous êtes mécontente de mon travail ? demanda-t-elle avec effort.

— Oh ! non, sans doute ! Mais je ne puis renvoyer mes ouvrières, et je suis par conséquent obligée de garder de quoi les occuper... Je penserai à vous plus tard, quand la bonne saison viendra... Laissez-moi votre adresse.

Paule tira silencieusement son carnet, inscrivit son adresse et la remit à la lingère. Puis, saisissant la main d'Anna qui restait timidement pressée contre elle, comprenant vaguement qu'il se passait quelque chose de douloureux, elle sortit sans rien dire.

La beauté de la matinée avait soudain disparu à ses yeux. En descendant de chez elle, elle avait remarqué avec une sensation de plaisir l'azur foncé du ciel, la douce chaleur du soleil, l'animation joyeuse des rues ;

maintenant, tout cela passait inaperçu pour
elle, tandis qu'elle entraînait vivement l'enfant, marchant au hasard et accablée d'une
angoisse que ceux-là seuls peuvent comprendre dont la vie, dont le *pain* a dépendu
du travail de leurs mains.

Anna serra les doigts crispés de sa tante,
et leva vers elle son petit visage, tout em-
preint de compassion enfantine.

— Tante Paule, dit-elle, allons à l'église.

Paule se baissa vivement et embrassa la petite fille, puis elle regarda autour d'elle. Elle
se trouvait sur la place Saint-Sulpice, et l'é-
glise se dressait devant ses yeux. Elles y en-
trèrent. Dans l'ombre de la chapelle de la
sainte Vierge, Paule s'agenouilla, et put répandre devant Dieu son cœur accablé de
soucis. Les minutes se passèrent sans qu'elle
s'en aperçût dans sa prière fervente. Quand
elle s'arracha enfin à son oraison, elle vit
qu'Anna s'était endormie d'un calme et
profond sommeil dans cette atmosphère
pleine de fraîcheur et de silence. Elle ne la
dérangea pas, et se disposa à reprendre sa
prière. Tout à coup un bruit léger lui fit

tourner la tête : un livre venait de rouler
près d'elle, et un homme infirme, ayant une
jambe de bois, se levait avec effort pour le
ramasser.

Paule se baissa rapidement, releva le livre
et le remit à l'inconnu, qui s'inclina profondément, puis elle s'agenouilla de nouveau,
et fut bientôt absorbée par ses pieuses pensées.

Alain de Vouvres, — car c'était lui, — n'a-
vait fait qu'entrevoir son visage harmonieux et beau malgré la pâleur et les larmes
qui le couvraient en ce moment ; mais il avait
eu le temps d'y voir se refléter une ombre
de sympathie et de compassion, et une brûlante rougeur envahit aussitôt son front.
C'était une des peines secrètes et cuisantes
de cette nature fière et énergique d'inspirer
la pitié. Dans toute la force de l'âge, dans la
pleine possession de qualités physiques et
intellectuelles dont il ne pouvait manquer
de se rendre compte lui-même, il était vraiment dur de sentir les entraves dont son
infirmité entourait sa vie, de voir sans cesse
interverti l'ordre de choses habituel, de re-

cevoir l'aide d'autrui, — en ce moment
même, à son âge, d'être obligé de supporter
qu'une femme se baissât pour lui rendre un
menu service comme s'il eût été un vieillard ! Parmi tous les sacrifices qu'avait
demandés de lui cette douloureuse trans-
formation et qu'il avait acceptés d'un cœur
généreux, ces piqûres d'épingles lui semblaient plus difficiles à endurer que le reste,
et dans cette circonstance, en particulier,
il dut faire appel à ses sentiments de résignation pour subir avec calme cette petite
épreuve.

Paule sortit avant lui, Anna s'étant soudain réveillée, et, pour employer les heures
qui restaient jusqu'au déjeûner, elle consentit, sur la prière de l'enfant, à la mener
au Luxembourg.

Si les jardins de Paris sont pleins de sé-
duction et de vie quand des nuées d'enfants
joyeux s'ébattent sous leurs frais ombrages
et que d'élégantes jeunes mères les surveil-
lent, formant le long des allées une double
haie agréable à regarder, il est des heures
matinales où leur solitude, à peu près com-

plète, repose délicieusement l'esprit et les
yeux. A peine si quelques promeneurs pas-
sent lentement sous les berceaux épais for-
més par les grands arbres ; les oiseaux chan-
tent librement, et il y a un charme infini dans
ces déserts verdoyants, peut-être à cause
même de leur contraste avec les rues tumul-
tueuses et encombrées auxquelles ils con-
finent.

Anna prit sa corde, nouée autour de sa
taille, et commença à sauter dans les larges
allées. L'impression de tristesse passagère qui
l'avait mise à même de comprendre les angoisses de sa tante s'était déjà effacée, et sa
petite figure, qui se colora promptement sous
l'effort d'un exercice répété, exprimait une
satisfaction sans mélange de cette promenade inaccoutumée.

Paule avait été assez apaisée par sa prière
pour redevenir sensible au charme pénétrant
de cette matinée et de ce lieu. Elle s'assit sur
un banc, et s'y appuyant, elle laissa errer
son regard autour d'elle, éprouvant un vague plaisir à la vue des plates-bandes fleu-
ries, des tapis de gazon, des arbres sécu-

laires, et des blanches statues se détachant, ici, sur un fond verdoyant, là sur le bleu du ciel.

Elle tressaillit en sentant sur son épaule un contact léger, presque caressant. Mme de Vouvres était derrière elle, dans la majesté vraiment indéniable de sa haute taille et de sa sévère toilette de deuil. Un battement de joie presque irraisonné agita le cœur de la jeune fille.

— Je ne m'attendais pas à vous voir ici à cette heure; moi, je suis une pauvre créature inutile qui ne puis guère faire autre chose que de respirer l'air pur du bon Dieu en tricotant à tâtons; mais vous, mademoiselle, vous êtes si active, si occupée, que j'éprouve à vous rencontrer ce matin autant de surprise que de plaisir.

Ces paroles étaient dites d'un ton à la fois sympathique et doucement enjoué.

L'impression de confiance mêlée de respect que l'extérieur de Mme de Vouvres avait produite la veille sur Paule pénétra de nouveau dans son cœur, avec la vague intuition que sa vie isolée avait trouvé un appui.

— Ma besogne chôme ce matin, répondit-elle, s'efforçant de sourire; ce n'est pas par ma faute, hélas!...

Mme de Vouvres la fit rasseoir d'un geste, et se plaçant près d'elle, s'empara de sa main.

— Si âgée que je sois, surtout auprès de vous, mes cheveux blancs ne peuvent pas tout à fait suffire à exciter votre confiance. Je veux donc vous dire qui je suis... Je m'appelle madame de Vouvres; je suis la veuve d'un magistrat, j'habite Rennes d'ordinaire, et ne suis venue à Paris que pour consulter un oculiste qui me promet une guérison complète d'ici à quelques semaines... J'ai été fâchée, hier, de penser que nous avons vécu plusieurs mois l'une près de l'autre, sans que je me doutasse qu'il y avait dans ma maison une jeune et intéressante personne, à laquelle mon expérience ou ma sympathie eussent pu servir à quelque chose... On m'a dit que vous êtes seule, éprouvée, et j'ai su que vous puisez le courage à des sources où moi-même, depuis longtemps, j'ai trouvé force et consolation...

N'est-ce pas là un lien qui peut nouer votre jeune existence à ma vie déjà longue?... J'espère que je ne vous semble pas indiscrète en vous parlant ainsi... On dit que les francs-maçons se reconnaissent entre eux à certains signes mystérieux.... Je crois qu'il pourrait, à ce compte, exister une espèce de franc-maçonnerie entre nous autres chrétiens... Nous sommes des âmes sœurs qui nous reconnaissons sans même nous être jamais rencontrées auparavant.

Les grands yeux de Paule étaient ardemment fixés sur ce visage dont les traits un peu sévères étaient habituellement adoucis par une bienveillance que doublait, en ce moment, la vue d'une souffrance si touchante. Elle serra entre ses mains celle qui lui était si franchement tendue, et répondit avec émotion :

— Oh! madame, si vous saviez à quels besoins, à quels rêves répondent les paroles que vous venez de me dire!... Dès que je vous ai vue, mon cœur s'est attendri, et tout vient confirmer cette sympathie, — tout, jusqu'à votre titre de Bretonne, ajouta-t-elle en souriant, car, bien que je n'aie jamais vu votre pays, c'est celui de ma famille; mon père était Breton, et mon frère a même fait son droit à la Faculté de Rennes; il habitait chez ma grand'mère...

— Vraiment!.. dit Mme de Vouvres avec vivacité. Voulez-vous me dire le nom de votre aïeule? Je la connais peut-être.

— Elle est morte depuis longtemps, dit Paule avec mélancolie; toutes mes affections, tous mes soutiens ont disparu. C'était la mère de mon père; elle s'appelait comme nous : du Plantier.

— C'est un de nos vieux et nobles noms. Je n'ai jamais eu l'honneur d'entrer en relations avec elle, mais nous avions des amis communs... Réellement, dit-elle avec son aimable sourire, il est étrange de trouver ainsi des liens inattendus, surtout dans une grande ville; et cependant, j'ai parfois remarqué que c'est ici qu'ont lieu le plus fréquemment ces rencontres... Voyez : hier encore nous étions étrangères l'une à l'autre, et aujourd'hui nous découvrons que nous sommes compatriotes, au moins d'origine,

et sortant de deux des plus vieilles souches
de notre province. Mais j'y pense, en
outre!... Vous dites que votre frère a fait
son droit à Rennes; puis-je demander quel
est son âge? Il est possible qu'il soit le
contemporain de mon fils.

Une larme mouilla les paupières de Paule.

— Mon frère aurait aujourd'hui trente-
sept ans, madame; je l'ai perdu au commencement de cette année, c'était le père de ma
petite Anna.

Il y avait dans ces paroles quelque chose
de poignant et de simple à la fois qui émut
profondément celle qui l'écoutait.

Elle garda pendant quelques instants un silence dont la jeune fille sut comprendre la
discrète mais profonde sympathie, puis
elle reprit d'un ton affectueux :

— Mais, ma chère enfant, ne croyez pas
toutefois qu'en cherchant à me rapprocher
de vous, j'aie uniquement cédé au désir de
vous témoigner le réel intérêt que vous m'a-
vez inspiré. J'avais en même temps une requête à vous adresser... Dans une amitié
comme celle qui, j'espère, nous unira bien-

tôt, une vieille femme a toujours à gagner. Peut-être consentirez-vous à me rendre un grand service...

— Moi, madame! dit la jeune fille, à la fois surprise et émue.

— En ce moment, reprit Mme de Vouvres, mon fils est près de moi; mais une affaire imprévue le forcera à me quitter bientôt. Il s'effraie de la monotonie de ma vie pendant les deux mois qu'il me faut encore passer ici, et il m'a demandé de chercher une personne qui puisse me tenir quelquefois compagnie, causer avec moi, et surtout me procurer la grande, la chère distraction de ma vie : la lecture. Ai-je eu tort de penser à vous?... J'espère ne point vous blesser en vous disant que, naturellement, je ne compte pas prendre sans compensation des heures laborieuses comme les vôtres....

Paule rougit profondément.

— Ma situation, hélas! me force en effet à vendre mon temps,... dit-elle d'une voix altérée. Je serais bien heureuse de vous en

4.

consacrer une part, mais il y aurait un obstacle....

— Et lequel?

— Je ne puis ni laisser Anna seule, ni vous imposer sa présence, parfois bruyante.

— N'est-ce que cela?.. Pendant nos lectures qui, si vous le voulez bien, auront lieu le soir de préférence, ma bonne Mathurine, qui raffole des enfants, veillera près de son petit lit; — ou bien, si vous voyez un inconvénient quelconque à cet arrangement, vous m'autoriserez peut-être à monter chez vous?... Je dois d'ailleurs vous déclarer que le bruit causé par ces gentilles créatures ne me fait nullement peur; je le trouve plus joyeux que gênant.

Paule cacha son visage dans ses mains, et fondit en larmes. Il était si doux, et en même temps si étrange de s'entendre adresser des paroles affectueuses, de voir ouverte devant elle, comme un refuge dans la solitude de sa vie, une maison respectable et amie!

Mᵐᵉ de Vouvres devina sans peine les sentiments qui l'animaient, et la cause d'un tel attendrissement.

— Ma pauvre enfant! dit-elle avec compassion, il faut que vous ayez été terriblement isolée?

— Oh! oui, terriblement! murmura la la jeune fille avec un frisson d'angoisse.

— Mais comment se fait-il que vous n'ayez point d'amis? Vous ont-ils abandonnée, ou vous êtes-vous dérobée à leur sympathie?

Paule rougit.

— Je n'avais guère d'amis intimes, dit-elle après un moment de silence; cependant, je dois rendre cette justice à plusieurs des familles que je connaissais, qu'elles ne m'eussent pas complètement négligée dans mon malheur.... Mais songez que je suis maintenant... *une ouvrière!*

— Eh! bien, êtes-vous la seule qui travailliez honorablement? Je crois que vous avez eu tort, même dans l'intérêt de votre nièce, de céder à un sentiment... — laissez-moi dire le mot, — à un sentiment puéril de défiance ou de honte indigne de vous. Si vous avez quelque égard à mon opinion, vous renouerez quelques-unes de vos relations... Nous examinerons tout cela...

— Oh! je ferai tout ce que vous me conseillerez ! s'écria la jeune fille avec élan. Je suis lasse de n'agir que par moi-même et de ne plus être guidée par personne !...

Il y avait dans son accent une trace de fatigue morale qui impressionna péniblement Mme de Vouvres.

— Voici Mathurine qui vient me chercher, dit-elle après un instant de silence, mais je ne vous dis pas adieu; j'ai hâte de vous voir chez moi. Venez ce soir partager mon simple dîner; justement je serai seule, mon fils est obligé de se rendre à Versailles, et nous ferons connaissance plus complétement.

— Que vous êtes bonne !...

Ce fut tout ce que put dire Paule. Mme de Vouvres lui fit un signe affectueux et s'éloigna lentement.

— Mathurine, dit-elle avec douceur, Mlle du Plantier et sa nièce dîneront ce soir avec moi. Faites-nous un bon petit repas,... quelque plat sucré pour cette enfant....

— Elles viennent à la maison !... Bon, je

m'en doutais! grommela Mathurine. Encore
de l'ouvrage pour moi!... Il faut maintenant
que j'aille aux Halles!...

— Ce n'est pas nécessaire, dit sa maîtresse,
je ne veux pas que vous vous fatiguiez.

— Cependant, ce n'est pas pour me reposer
que vous invitez des gens que..... Avec
cela,... on ne sait pas qui elles sont!

— Mathurine! dit Mme de Vouvres du ton
que la vieille servante connaissait si bien.

Elle baissa la tête sans répondre, puis, au
bout de quelques instants, elle reprit d'un ton
beaucoup plus soumis :

— Si je pouvais trouver un petit poulet
bien tendre, madame?... Et puis,... que
madame ne croie pas que je pense à m'éviter
de la peine, au moins! mais si madame voulait dépenser un peu plus, au lieu d'un plat
sucré, cette petite aimerait peut-être mieux
une bombe à la vanille?...

Mme de Vouvres inclina la tête en signe
d'acquiescement, et sourit d'un air qui réjouit
le cœur de sa fidèle servante.

VII.

Quelle que fût l'incertitude du lendemain, et bien que la pensée que Mme de Vouvres n'était à Paris que pour deux mois traversât fréquemment l'esprit de Paule, cette journée se passa pour elle dans une agitation qu'elle eût pu qualifier de délicieuse. L'isolement était tellement antipathique à sa nature affectueuse et expansive, que la rencontre qu'elle avait faite colorait sa vie d'un intérêt soudain et intense, et qu'elle regardait comme un événement heureux l'invitation qui lui avait été adressée pour le soir.

Longtemps avant l'heure indiquée, elle appela Anna, et lui fit une toilette aussi soignée que le comportait la modeste garderobe de l'enfant; elle peigna avec amour ses longues boucles, et y attacha un nœud de ruban noir. Elle-même arrangea ses cheveux avec une recherche inaccoutumée; non qu'elle fût coquette, mais elle était dans cette disposition d'esprit qui fait apporter à tout un entrain joyeux. Ses joues étaient si roses, ses yeux si brillants, son sourire si doux lorsqu'elle dit à sa nièce qu'il était temps de descendre, que la petite fille s'écria avec admiration :

— Oh! tante Paule, comme tu es jolie!

Mme de Vouvres fit la même réflexion, bien qu'elle ne l'exprimât point à haute voix, quand Paule, ayant sonné timidement, s'arrêta avec quelque hésitation sur le seuil du petit salon.

Malgré les souffrances, les soucis et les fatigues de toutes sortes dont elle avait été accablée jusque-là, personne ne lui eût donné ses vingt-cinq ans. Elle était grande, mince et élégante ; son teint était délicat et transparent, avec de pâles nuances roses qu'avivait la moindre émotion ; ses traits étaient fins et agréables plutôt que parfaitement réguliers ; ses yeux, d'un brun foncé, étaient surmontés de sourcils bien arqués ; ses cheveux châtains, relevés et nattés, frisaient en dépit de ses efforts, et encadraient son front de petites boucles folles. Tout cela était joli, gracieux ; mais le charme de sa

physionomie eût suffi à lui seul à la faire
remarquer. Ce qui plaisait le plus en elle, ce
n'était pas seulement l'harmonie et l'éclat de
son visage, — pas même l'intelligence qui
rayonnait dans son regard, mais un mélange
rare et attrayant d'énergie et de sensibilité.
Chez elle, en effet, ces deux qualités, qui, à
un certain degré, semblent s'exclure, ou du
moins s'atténuer l'une l'autre, s'étaient dé-
veloppées parallèlement, et d'une manière
réellement extraordinaire. Elle sentait plus
vivement, plus profondément que qui que ce
fût au monde; mais elle trouvait en même
temps la force de dompter cette disposition
dans toutes les circonstances où elle l'eût empêchée de remplir un devoir. Pour aimer,
pour souffrir, son âme était la plus tendre,
la plus féminine des âmes; pour combattre,
pour agir, son courage avait positivement
quelque chose de viril.

Elle n'hésitait jamais devant une tâche,
semblât-elle écrasante; mais elle n'était, en
revanche, pas de celles qu'une nature moins
délicate ou plus insensible endurcit contre
les mille chocs de la vie. Le sacrifice, qu'elle

accomplissait vaillamment, ne lui ménageait
pas sa saveur amère; c'était parfois en pleurant qu'elle obéissait à la voix de sa conscience; mais quand elle avait vu où se trouvait
son devoir, les déchirements les plus cruels ne
l'eussent point fait dévier de sa voie. Les luttes
fréquentes qui étaient naturellement résultées
d'une manière d'être pour ainsi dire com-
plexe avaient laissé en elle je ne sais quelle
trace, dont le reflet communiquait à son regard
quelque chose de profondément sympathique
et touchant. De plus, comme toutes les intel-
ligences vraiment supérieures, personne n'é-
tait moins qu'elle disposée à défendre à ou-
trance celles de ses idées qui n'atteignaient
point à la hauteur d'un principe. C'était une
des grandes attractions de cette nature que
cette docilité qui se mélangeait si harmo-
nieusement avec sa fermeté d'âme, et qui
l'avait fait chérir de tous ceux qui avaient
vécu auprès d'elle.

Tous ces traits de caractère ne pouvaient
évidemment être définis et analysés qu'à la
longue; mais l'ensemble en pouvait être em-

brassé d'un coup d'œil par tout observateur
exercé, au simple examen de ce visage can-
dide, de ces yeux profonds, clairs, expressifs
et mobiles, et Mme de Vouvres, tout en la
faisant causer, se sentait réellement char-
mée de sa nouvelle connaissance, et se pro-
mettait de lui venir en aide, d'une manière
ou d'une autre.

Quel agréable petit dîner ce fut pour les
trois convives, et même pour Mathurine, qui
s'était soudain prise d'affection pour la petite Anna, et dont la joie ne connut plus de
bornes lorsque, le repas terminé, l'enfant vint,
toute rouge, demander à sa tante la permission de rejoindre la vieille bonne qui avait
l'air si aimable!

— En principe, je n'admets guère que les
enfants soient laissés aux domestiques, dit
Mme de Vouvres en souriant; cependant, je
puis vous dire que Mathurine mérite d'être
l'objet d'une exception. En dépit de certains
côtés anguleux de son caractère, elle est douée
des sentiments les plus sûrs et même les plus
élevés; c'est une amie pour nous, une amie

éprouvée par trente années de dévouement.

— Va, dit Paule, baisant le visage de l'enfant.

Elle resta seule avec Mme de Vouvres, et lui offrit de lui donner un échantillon de son talent de lectrice.

— Non, répondit la vieille dame avec un sourire, je préfère, ce soir, lire dans le livre charmant que m'ouvre votre loyale sincérité. Si vous saviez combien il est délicieux, à mon âge, de plonger un regard dans un esprit de jeune fille que la raison a mûri prématurément sans que les fleurs en aient disparu! Il me semble presque que je reviens en arrière, et que je recommence la vie...

Elles causaient depuis quelques instants, lorsque Paule s'interrompit tout à coup et releva instinctivement la tête : un bruit sourd et étrange se faisait entendre dans l'antichambre voisine, et sur le visage de Mme de Vouvres parut immédiatement une ombre passagère, mais douloureuse.

— Mon fils, dit-elle brièvement.

Au même instant, la porte s'ouvrait, et Paule vit avec surprise cet homme, jeune et

charmant, si semblable à ce qu'avait dû être
sa mère, s'avancer lentement, appuyé sur
la canne que rendait nécessaire sa terrible
infirmité...

Elle se rappela vaguement l'avoir vu quelque part; mais il avait, lui, une mémoire
plus précise, et un sentiment qu'il eût eu
peine à définir, — un sentiment à demi ému,
à demi pénible, s'empara de lui en reconnaissant dans la jeune protégée de sa mère celle
dont la simple prévenance lui avait, le matin
même, fait souvenir douloureusement de sa
situation.

Il domina rapidement cette impression,
aussi bien que la sensation de répugnance
qu'il éprouvait en dépit de lui-même à tra-
verser un salon, et, saluant silencieusement
la jeune fille, il s'avança vers sa mère, et
s'assit près d'elle.

Elle le regardait avec une tendresse indicible.

— As-tu terminé cette affaire? demanda-
t-elle doucement. Je ne m'attendais pas à te
voir revenir si tôt.

— Moi non plus, je n'espérais pas être

libre avant la fin de la soirée... Mais tout est
arrangé, et le créancier de Dorbes a cédé
aux raisons que j'ai fait valoir auprès de
lui...

Paule se leva.

— Il est tard, madame, dit-elle, jetant un
regard sur la pendule, je dois songer à ma
nièce et l'emmener.

— Restez encore quelques instants, répliqua Mme de Vouvres. Une fois n'est pas
coutume, et j'entends par intervalles la voix
de Mathurine qui lui chante des complaintes
et lui raconte des histoires... Alain, n'as-tu
jamais rencontré à Rennes M. du Plantier, le
frère de ma jeune amie?

— Pierre du Plantier?... Quoi! est-ce
son deuil que vous portez, mademoiselle?
s'écria Alain avec une surprise émue. Nous
n'étions pas particulièrement liés, ne suivant
pas les mêmes cours; mais je l'ai souvent
rencontré, et j'ai pu juger par moi-même de
ses remarquables facultés... Je me souviens
même de l'avoir vu à l'un de mes voyages à
Paris; il m'avait présenté à sa femme...

— Vous avez connu la pauvre Marguerite!

s'écria Paule avec chaleur, ses beaux yeux se remplissant de larmes. Oh! cela me fait plaisir! Je l'aimais tant!.. Ils étaient si heureux! Et comme mon pauvre Pierre a été vite privé de son bonheur!...

Son regard s'abaissa rapidement, elle pleurait. Mais elle essuya rapidement ses larmes, et se leva de nouveau.

— Il est temps que je vous quitte, dit-elle en essayant de sourire. Quand mes tristes souvenirs sont réveillés, je deviens une compagne si peu agréable!... Et il est vraiment tard pour ma petite Anna...

Mme de Vouvres sonna, tout en exprimant le regret de la voir partir. Anna entra, et resta tout à coup immobile et interdite à la vue d'Alain, qui, s'étant levé, s'avançait au-devant d'elle.

— Dis vite bonsoir à Mme de Vouvres, murmura la jeune fille, redoutant de sa part quelque réflexion d'enfant terrible.

Ceci ne manqua pas. En petite fille bien élevée, Anna se garda bien de faire ses observations tout haut; mais, ignorant le lien qui unissait le jeune homme à Mme de Vouvres, elle dit à voix basse à cette dernière, tout en lui présentant son front :

— Pourquoi ce monsieur boite-t-il ? Et pourquoi son pied fait-il un drôle de bruit ? On dirait qu'il a une jambe de bois....

La mère tressaillit et demeura un instant silencieuse, tandis que Paule, qui avait entendu, éprouvait un pénible embarras, et n'osait regarder le visage d'Alain.

Enfin, Mme de Vouvres domina l'impression involontaire produite sur elle par ces paroles enfantines, et répondit tout haut :

— As-tu entendu parler de la guerre, et sais-tu ce que c'est, Anna ?

— Pas très bien, Madame.

— Quand tu étais petite, toute petite, des soldats étrangers sont venus en France, brûlant et ravageant tout sur leur passage, et détruisant des maisons où il y avait des berceaux comme le tien... Alors, tous les hommes de cœur de notre pays se sont faits soldats pour essayer de les chasser de France. Beaucoup d'entre nos braves défenseurs ont été tués, d'autres blessés... Mon fils (et sa

voix s'altéra soudain) a eu la jambe emportée par un boulet....

L'enfant l'écoutait, sérieuse. Elle se glissa
de dessus ses genoux, et s'approcha d'Alain,
lui offrant son petit visage à baiser.

— C'est bien triste! murmura-t-elle naïvement, secouant la tête, et ouvrant tout grands
ses yeux pleins de pitié.

— Mais c'est bien beau! dit une voix émue.

Alain se retourna, et vit une larme briller
sur la joue de la jeune fille.

— Voici deux fois en un jour, Mademoiselle, dit-il avec un sourire, que je suis l'objet de votre compassion... Ce matin... vous le
dirai-je?... j'ai souffert d'être forcé de subir,
à mon âge, les attentions d'une femme... Ce
soir, vous me rappelez que le soldat malheureux peut se résigner à son sort, et même
s'en faire gloire, quoique ce soit, ainsi que
le dit cette chère petite, une gloire bien
triste....

Paule s'inclina en rougissant, et sitôt
qu'elle fut partie, Mme de Vouvres, que
ce petit incident avait vivement émue,

apprit de son fils qu'il avait vu pour la première fois Paule à l'église, le matin même, et
que lorsqu'elle s'était dérangée pour lui
rendre son livre, une expression de sympathie
ou de pitié banale, peut-être, mais douce,
avait animé son joli visage.

VIII.

Quelques jours se passèrent, et il sembla à
la jeune fille qu'un jour nouveau illuminait
sa vie, et qu'un baume adoucissait ce que
l'existence avait pour elle d'amer.

Elle s'était remise à chercher de l'ouvrage ;
mais les peines et les humiliations de ces
courses pénibles étaient vite oubliées quand
Mathurine, frappant à sa porte, venait lui
demander si elle pouvait descendre. L'atmosphère calme et recueillie du salon de
Mme de Vouvres lui paraissait réellement bien-
faisante. La vieille dame interrompait de
temps à autre la lecture par quelque com-
mentaire intéressant, et Paule elle-même y
répondait avec une expansion qui lui était à

5.

la fois douce et naturelle, et qui montrait à son interlocutrice combien son esprit était fin et cultivé.

Elle voyait peu Alain, Mme de Vouvres choisissant de préférence ses heures de solitude pour l'appeler auprès d'elle. Cependant, elle fut invitée à dîner chez sa vieille amie la veille du départ du jeune homme.

Quand elle descendit avec Anna, Mme de Vouvres était seule dans le salon.

— Notre dîner se trouve retardé d'une demi-heure; dit-elle en souriant, une affaire imprévue retient mon fils un peu plus longtemps qu'il ne l'avait pensé. Mais je me suis bien gardée de vous faire prévenir, ne trouvant jamais assez longs les moments que vous passez près de moi.

La petite Anna, pour laquelle on avait préparé des jouets et des images, se retira dans un coin, et Paule s'assit près de sa bienveillante hôtesse.

— Désormais, reprit celle-ci en étouffant un soupir, je vous demanderai de me consacrer vos soirées... Quand vous serez trop pressée, vous apporterez votre ouvrage, et au lieu de lire, nous causerons... Mon fils me quitte demain, et je souffre de voir ses vacances si brusquement abrégées... Cependant, je ne puis le retenir ; il s'agit, non d'une affaire avantageuse, à laquelle il n'eût certes pas sacrifié le plaisir de sa vieille mère, mais d'un service important à rendre à un ami... J'ai tâché, voyez-vous, de placer dans son âme le devoir au-dessus de tout le reste, et, si triste, si longue que soit pour moi la perspective de ces deux mois de solitude, je ne puis me plaindre qu'il ait réalisé, et au delà, l'idéal que j'entrevoyais dans mes rêves maternels !...

— Vous êtes heureuse, Madame, dit Paule avec douceur ; vous avez consacré votre vie à une grande tâche, et vous la voyez accomplie... Moi aussi, je songe souvent à la chère petite âme qui a été remise entre mes mains ; puissé-je *l'élever* dans le sens mystérieusement sublime de ce mot, la rendre capable, elle aussi, de tout sacrifier au devoir ! Mais je suis seule pour mener cette œuvre à bonne fin, et peut-être n'ai-je pas le sens maternel qui agit si puissamment sur ces petits cœurs d'enfants....

— Toutes les femmes ont un cœur de mère; ne le sentez-vous pas à votre dévouement? Vous l'aimez, vous souffrez pour elle, vous cherchez, avec l'aide de Dieu, à en faire une âme forte et tendre... Ah! Paule, vous êtes vraiment sa mère!

— Mais si vous saviez combien ma tâche est difficile! reprit la jeune fille, pensive, appuyant sa tête sur sa main, et regardant Mme de Vouvres.

A ce moment, une légère contraction des traits de cette dernière annonça l'arrivée d'Alain avant même que le bruit de sa jambe de bois fût perceptible pour des oreilles moins exercées. C'était lui, en effet, et presque aussitôt Mathurine servit le dîner, pendant lequel la conversation se poursuivit sur des sujets à la fois moins sérieux et plus variés.

L'esprit de Paule, doucement animé par un contact sympathique, retrouvait un entrain presque joyeux, avec la vague réminiscence de la période heureuse de sa vie et de ses relations anciennes. Elle avait une intelligence bien féminine, c'est-à-dire remarquable par sa délicatesse et sa pénétration ; mais les responsabilités qui avaient de bonne heure pesé sur elle, les souffrances qui l'avaient mûrie, et l'austérité de son existence actuelle lui avaient donné une teinte de sérieux et de fermeté qui s'allie rarement avec le charme d'un esprit de jeune fille.

Elle avait jadis vu beaucoup de monde ; son père et son frère avaient un cercle choisi, intelligent. De plus, elle avait la notion à la fois instinctive et raisonnée du beau sous toutes ses formes, et, ce qui vaut mieux encore, le sens parfaitement, constamment droit de ce qui est bien. Tout sentiment élevé, toute œuvre noble excitait son admiration et faisait vibrer en elle une corde émue et sympathique ; or, ceux qui l'écoutaient savaient qu'elle-même avait fait et faisait encore chaque jour preuve d'un dévouement obscur, mais absolu, et qu'elle n'était pas seulement capable d'admirer, mais d'accomplir le sacrifice.

Mᵐᵉ de Vouvres sentait s'accroître d'instant en instant l'intérêt que lui inspirait cette jeune fille. Ce qui la charmait peut-être par-dessus tout, c'était l'absence complète, chez elle, de toute prétention, de toute coquetterie, et la simplicité avec laquelle, brillante et raffinée comme elle l'était, elle avait accepté cette vie de labeur manuel, si peu en rapport avec son éducation et ses habitudes.

Quand ils se trouvèrent de nouveau dans le petit salon, Mᵐᵉ de Vouvres resta quelque temps pensive, puis interrompit brusquement son fils et Paule, qui discutaient les mérites d'un tableau que, cette semaine-là, tout Paris allait voir chez un marchand en renom.

— Je ne puis me persuader, dit-elle, que vous ne réussissiez pas à faire autre chose qu'un travail à l'aiguille. Voyons, mon enfant, permettez-moi de vous adresser une question très franche. Votre éducation a été évidemment fort soignée; ne vous sentez-vous donc pas capable de donner des leçons?

— Je l'eusse préféré, à coup sûr, et je crois

que j'en serais capable ; mon pauvre père avait tenu à me faire obtenir mon diplôme... Anna saisit facilement et retient ce que je lui explique, je suppose que j'aurais réussi également auprès d'autres enfants. Mais j'ai pensé avant tout à ma nièce ; je voulais m'en occuper exclusivement, soigner sa santé, développer moi-même son intelligence avec la mesure et les précautions qu'exige une constitution un peu faible.

— Et si j'arrivais à vous faire obtenir pour elle l'externat dans une maison religieuse, sans que cela vous occasionnât aucune dépense ?

Les yeux de Paule, prenant soudain une expression d'incertitude, se fixèrent un instant sur le parquet, puis elle les releva vers Mme de Vouvres.

— Je sais à peine que vous répondre, dit-elle. J'ai cru d'abord que ma chère petite souffrirait moins de sa situation en ne me quittant jamais ; et d'ailleurs, il y a six mois que sa santé lui défendait toute application prolongée. Maintenant, j'en suis venue à douter du système que j'ai suivi. Si la solitude épargne quelques blessures, elle nous rend peut-être plus sensibles aux chocs inévitables que nous réserve la vie.... Une de mes épreuves, la plus grande peut-être, ajouta-t-elle d'une voix altérée, a été de voir cette enfant prématurément affligée et humiliée de sa pauvreté.....

— Parce qu'elle vit seule et concentre ses impressions, répliqua vivement Mme de Vouvres. Prenez garde qu'une enfance trop triste n'aigrisse cette petite nature! A défaut de ces jouissances artificielles qu'il ne dépend pas de vous de lui donner, mais qui, soyez-en sûre, ne lui sont pas nécessaires, vous lui devez la gaieté, le mouvement, l'expansion avec des compagnes de son âge. Il est bon de développer ses instincts de sociabilité, et de la livrer au contact d'autrui. Les enfants sont, entre eux, d'excellents éducateurs, et si elle souffre tout d'abord de quelques petites blessures, elle recueillera les fruits doux et réconfortants de la vie en commun. Si vous m'y autorisez, je vous donnerai un double conseil.... Dites-moi d'abord.... (et elle sourit doucement, en faisant une pause de deux ou trois secondes), si la situation qui vous a été faite par votre isolement même ne vous rend pas un peu rebelle à l'avis des autres?

Alain regarda la jeune fille, et sembla attendre sa réponse avec intérêt.

— Oh! non, au contraire! dit Paule avec un accent à la fois simple et sincère. Il n'était pas dans ma nature d'agir par moi-même, et j'ai souvent souffert de ne pas sentir dans ma vie cette autorité paternelle ou maternelle qui m'eût semblé si douce, si protectrice... Je suis reconnaissante lorsqu'on me prouve que je me suis trompée.

— Alors, mon enfant, je vais vous demander deux choses : laissez-moi faire les démarches nécessaires pour placer Anna dans un couvent, et consentez, pour votre part, à revoir celles de vos relations qui pourront vous aider à obtenir des leçons, et qui sont de nature à apporter des éléments de distraction dans votre vie occupée.

Paule rougit.

— Vous me demandez là un double sacrifice, murmura-t-elle.

— Mais ma mère ne vous le demande pas
dans votre seul intérêt, dit Alain, se mêlant
pour la première fois à cette conversation.
Au prix d'une séparation relative d'un côté,
et de l'autre, de petites déceptions inévitables
de la part de quelques-unes de vos connaissances, vous pourrez rendre plus joyeuse
l'enfance de votre nièce, et, par un travail
plus lucratif, lui assurer un bien-être plus
considérable, peut-être même un avenir.

Il avait trouvé d'instinct, ou plutôt avec la
pénétration des âmes dévouées, les raisons
les plus puissantes que l'on pût invoquer
pour changer aussi complètement l'existence
de cette jeune fille.

— C'est vrai, dit-elle avec un soupir involontaire. Merci, Madame.... Veuillez donc
agir comme votre générosité vous l'inspire;
et moi... je reverrai dès demain les amis de
mon pauvre frère....

Un serrement de main affectueux la ré-
compensa de cette décision. La conversation
redevint plus gaie, et onze heures sonnaient
lorsque Paule, s'apercevant avec confusion
de l'heure avancée, prit dans ses bras sa

nièce, qui s'était endormie sur un canapé, et se disposa à remonter chez elle.

— Je voudrais vous épargner la fatigue de ce cher fardeau, mademoiselle, dit Alain avec ce sourire triste qui, en dépit de sa résignation, venait à ses lèvres chaque fois qu'une circonstance de ce genre lui rappelait son infirmité.

Elle le regarda gravement, et répondit avec douceur :

— L'inaction à laquelle vous êtes parfois réduit doit vous paraître plus glorieuse que pénible, monsieur, de même qu'elle inspire aux autres encore plus d'admiration que de pitié....

Et pour la seconde fois, il se sentit intérieurement relevé et consolé par cette voix de jeune fille.

IX.

Lettre d'Alain à sa mère.

Rennes, 15 septembre 187..

«.... Non, bonne mère, je ne sais pas dis-
« simuler avec toi; je ne m'étonne pas que
« ton œil exercé ait deviné la préoccupation
« qui m'agitait pendant cette dernière jour-
« née passée près de toi, et je comprends
« aussi que mes deux lettres mêmes t'aient
« paru marquées au coin du souci secret
« qui s'est emparé de moi.

« Crois-tu à la sympathie immédiate, spon-
« tanée?

« N'est-ce point une superstition ou tout au
« moins un enfantillage d'ajouter foi à une
« sorte de seconde vue qui nous révèle au
« premier abord les qualités, les dons char-
« mants d'une âme encore inconnue?... Ce
« sentiment, dont la chaude et soudaine lu-
« mière fait éclore dans l'âme une éclatante

« floraison, est-il sublime ou puéril ? Peut-
« on le considérer comme l'inspiration mi-
« séricordieuse qui daigne nous indiquer
« le chemin du bonheur, où n'est-elle que
« l'illusion qui leurre un cœur mal résigné
« à vivre seul ?...

« Je ferme les yeux, j'invoque ta chère
« image, je prête l'oreille de mon esprit à
« la voix si juste qui ne m'a jamais trompé,
« et il me semble t'entendre me dire : Cette
« sympathie peut être précieuse et sensée,
« mais elle peut aussi être folle et prématu-
« rée... Il faut réfléchir, scruter les motifs
« qui l'inspirent, et peser cette grave décision
« dans la balance divine qui doit être l'ar-
« bitre de toutes nos œuvres....

« Oh ! chère mère, suis-je destiné à con-
« naître les joies du foyer dont je me suis cru
« déshérité, et dont tu as silencieusement dé-
« ploré de me voir m'éloigner avec défiance,
« ou suis-je un misérable fou, doublement
« fou, à mon âge et avec mon infirmité, de
« m'imaginer que je puis faire battre un
« cœur de jeune fille ?

« Car jusqu'ici, tu le sais, une défiance

« amère, peut-être raisonnable, peut-être
« blâmable, m'a empêché de songer au ma-
« riage. J'ai redouté, cruellement redouté
« qu'une femme, aveuglée par une certaine
« pitié, par un certain côté attrayant du sa-
« crifice, ne regrettât ensuite, quand elle
« serait devenue ma compagne, d'avoir lié
« son sort au mien,... qu'elle ne rougît de
« marcher lentement à mon côté,... qu'elle
« ne considérât qu'avec une douloureuse
« impatience les soins et les services que
« je suis réduit à implorer d'autrui... Toi-
« même tu as baissé la tête sans pouvoir dé-
« truire mes objections....

  « Maintenant, je me trouve subitement en
« face d'une femme dont l'âme, qui rayonne
« au dehors, est encore plus belle que son vi-
« sage. Je sais à quelle source sûre et inépuisa-
« ble elle va chercher le courage qui soutient
« sa vie.... La première fois que je l'ai vue,
« elle a interrompu sa prière pour aider l'in-
« firme assis non loin d'elle... Elle est com-
« patissante; un jour, mon triste sort lui a ar-
« raché une larme qui m'a été douce comme
« un baume; elle est habituée au dévouement,

« pauvre, isolée, et je me sens ivre de joie
« à l'idée d'entourer sa vie, non seulement
« de l'aisance matérielle, mais encore de
« l'appui tendre et dévoué après lequel elle
« soupire instinctivement.

    « Tu me parles beaucoup d'elle.... Ai-je
« deviné? Toi aussi, as-tu vu en elle la com-
« pagne forte et dévouée qui ferait de ton
« fils le plus heureux des hommes?... Autre-
« ment, pourquoi me vanterais-tu sans cesse
« ses perfections charmantes?...

    « Et cependant, quelque chose m'arrête....
« Sa pauvreté et son affection pour sa nièce
« me font peur.

    « Ne te méprends pas sur le sens de mes
« paroles. Je l'épouserais pauvre, et me
« chargerais sans hésiter de cette enfant.
« Mais si elle m'acceptait, ne serait-elle pas
« influencée, légitimement, mais *uniquement*
« influencée par le désir d'échapper à la mi-
« sère et d'assurer le sort de la petite Anna?
« Je ne voudrais pas qu'elle cédât à un tel
« mobile; je ne serais pas heureux si je n'é-
« tais aimé pour moi-même......

    «... Non, je ne serais pas heureux... Et

« pourtant, vois à quels sentiments contra-
« dictoires je suis en proie... Alors même
« que je lui assurerais seulement le repos,
« sans espoir qu'elle eût jamais pour moi
« un autre sentiment que la reconnais-
« sance, je serais disposé à lui offrir mon
« nom !...

« Oui, ma mère j'en suis là ! Je l'ai vue à
« peine cinq ou six fois ; il y a quinze jours,
« je ne connaissais pas même son existence,
« et ces plans se sont assez mûris dans
« mon esprit, presque à mon insu, pour
« que je songe sérieusement à un avenir
« pleinement défini ! Faut-il s'en étonner,
« ou bien étais-je plus qu'un autre, à cause
« même de ma situation, disposé à sentir l'in-
« fluence d'une nature exceptionnelle comme
« la sienne ? Ai-je tort ou raison de caresser
« de nouveau des espérances éteintes ?... Ma
« mère, ma chère et bonne mère, dis-moi vite
« ce que tu en penses. Je souffre, et en même
« temps je suis heureux. Ton fils n'est qu'un
« grand enfant... Écris-lui, gronde-le ou
« encourage-le. Tu sais quelle foi j'ai en
« cette autre seconde vue que Dieu a donnée

« à l'amour maternel. De toi dépend ma
« décision; tes paroles fortifieront ou feront
« évanouir cette affection naissante. »

. . . .

Mme de Vouvres tenait cette lettre entre ses
mains et réfléchissait, seule dans son petit
salon. Elle était sérieuse, mais non pas triste,
— pensive, mais non agitée ou indécise.

Son fils avait deviné juste. D'ailleurs, il y
avait entre eux une communauté d'idées trop
complète pour qu'il pût se tromper. Oui, elle
avait, elle aussi, songé à cette union. Elle
avait bien un peu hésité : Paule était très
pauvre; puis, sa nièce était un fardeau pour
un jeune ménage. Mais elle connaissait son
fils, elle savait que le courage ne lui faisait pas défaut; et après tout, pensait-elle,
cette enfant serait une bénédiction dans leur
demeure.

A elle comme à lui, Paule avait paru réa-
liser le type accompli qu'elle rêvait pour son
cher Alain; mais elle voulait l'étudier encore.

Elle savait que l'esprit et le cœur de son fils
étaient, non seulement élevés, mais doués
de cette faculté d'enthousiasme et de poésie

6

qui rend plus vives les peines comme les
joies de la vie, et elle se demandait si Paule
n'avait point pris, dans les rudes soucis de
de son existence, des idées positives par trop
opposées aux tendances d'Alain. La fraîcheur
de pensées qu'elle avait constatée chez la
jeune fille pendant leurs longues cause-
ries n'était-elle pas plus superficielle que
réelle? Sur certains sujets fondamentaux,
ne s'était-elle pas laissé entraîner par cette
pente de notre siècle au réalisme, pente
rendue encore plus glissante par l'épreuve
de la pauvreté?... Mme de Vouvres résolut
d'appliquer toutes ses lumières, toute son
expérience de femme et de mère à sonder
cette nature qui, d'ailleurs, ne se dérobait
point au regard d'autrui.

Quand le soir fut venu, Mathurine emporta
son tricot et alla, selon l'habitude qu'elle en
avait contractée, s'asseoir près du lit d'Anna.
Paule descendit aussitôt chez Mme de Vouvres.

Depuis le départ d'Alain, sa vie avait
quelque peu changé. Elle avait, fidèle à sa pro-
messe, revu quelques-unes de ses anciennes
connaissances. Là, on l'avait reçue avec un

étonnement mêlé d'indifférence, ici avec un plaisir réel, en lui témoignant le désir de la recevoir souvent, et de lui procurer quelques distractions agréables.

Anna avait obtenu, grâce à Mme de Vouvres, son admission dans un pensionnat religieux. Elle n'était pas la seule qui y reçût gratuitement une instruction solide et une éducation sérieuse, car les statuts ou tout au moins les coutumes de la plupart de ces pieuses maisons y assurent ce bienfait à un certain nombre de jeunes filles pauvres; mais personne n'eût pu désigner celles qui étaient l'objet d'une faveur de ce genre, la plus complète égalité régnant entre toutes les pensionnaires.

Enfin, on avait promis à Paule une élève. C'était peu, et naturellement elle devait encore être astreinte à ses travaux d'aiguille; mais enfin, c'était un début, et, grâce à l'influence amie, intelligente de Mme de Vouvres, elle sentait s'introduire dans sa vie un peu plus de bien-être et un vague espoir de succès.

Comme, après avoir discouru quelques

instants, elle se disposait à ouvrir le livre commencé la veille, Mme de Vouvres l'arrêta d'un geste.

— Causons, si vous le voulez bien, dit-elle d'un air sérieux, presque solennel. Je vais entamer un peu brutalement un de ces sujets sur lesquels les jeunes filles affectent parfois de se montrer réservées..... Comme je connais votre loyale confiance, je sais que vous me répondrez avec toute l'expansion que je désire.

Paule la regarda, excessivement surprise.

— Venez vous asseoir près de moi, reprit affectueusement Mme de Vouvres, lui indiquant d'un signe la place vacante sur le canapé.

La jeune fille obéit, et, attachant sur son visage un regard pénétrant, la vieille dame poursuivit :

— Je vous aime beaucoup, Paule, et même quand je ne serai plus ici, il me sera impossible de me désintéresser de votre sort..... Je voudrais (je ne dis pas que je réussisse), je voudrais vous marier.

— Me marier! s'écria Paule, dans un étonnement extrême. Ah! chère Madame, il y a longtemps que j'y ai renoncé!

— Et pourquoi cela? Vous avez raison de ne pas faire de rêves que l'avenir ne réaliserait peut-être pas; mais de cette sagesse à une *décision,* il y a loin. Vous sentez-vous de la répulsion pour un changement de vie?

Une légère pâleur se répandit sur les traits de la jeune fille, et sa voix s'altéra.

— Non, dit-elle; si j'avais été dans la situation ordinaire des femmes de mon âge, j'aurais peut-être, comme les autres, songé au mariage. Je crois que la plupart d'entre nous y sont appelées, sauf celles qu'une vocation plus haute élève au-dessus de la vie commune, ou celles qu'une tâche sacrée en éloigne... Je me trouve dans ce dernier cas. En outre, je n'ai rien au monde.

— Mais, mon enfant, on a vu des jeunes filles aussi pauvres que vous trouver un bon mari.

— Et ma nièce, Madame? Croyez-vous que la chère petite n'éloignerait pas les prétendants?

6.

— Encore une fois, ce n'est pas un obstacle absolu, et un bon mariage, si vous en faisiez un, vous ôterait tout souci pour l'avenir de cette enfant.... Mais voici où j'en veux venir... Dans le cas où j'entreverrais la possibilité de vous présenter un mari, vous montreriez-vous *très* difficile? Feriez-vous un mariage de convenance?

— De convenance? répéta Paule lentement.

— Oui; je parle, par exemple, d'un mari qui, par son âge ou son extérieur, ne flatterait pas votre amour-propre, et pour lequel vous ne sauriez éprouver qu'un sentiment d'estime.... Vous résigneriez-vous à sacrifier quelques-uns des rêves que forment presque toutes les jeunes filles pour vous assurer une position sûre, et à votre nièce, un avenir?

Paule secoua la tête.

— J'accomplirais pour Anna bien des sacrifices, dit-elle d'un ton ferme, mais je ne consentirais pas à faire pour l'amour d'elle une chose qui ne serait pas loyale.

Un imperceptible sourire détendit les lèvres de Mme de Vouvres; elle reprit avec douceur :

— Expliquez-vous, mon enfant; en quoi

un mariage de convenance vous semblerait-
il déloyal?

— Pauvre comme je le suis, l'homme qui
me demanderait d'être sa femme ferait preuve
d'un amour désintéressé et touchant auquel
je répondrais mal en me *vendant*. Il attendrait
de moi de l'affection… Ne serait-il pas hon-
teux de dire *oui* pour des considérations
vulgaires?

— Prenez garde! dit en souriant Mme de
Vouvres. Il ne faut pas être romanesque!

— Romanesque!.. J'ai vécu d'une vie trop
terre à terre, trop pénible, j'ai vu de trop près
le néant de la jeunesse, de la force, du talent,
de l'existence humaine, enfin, pour ne pa
envisager les choses à un point de vue raisonnable! Mais le mariage m'a toujours paru
trop sacré pour en faire un simple et vulgaire
calcul. Je ne me marierai jamais pour de
l'argent, ni même pour un peu de sécurité.
De plus, je crois qu'il est indispensable, pour
rendre heureux celui avec qui l'on doit passer sa vie, d'éprouver, non un amour passionné et extravagant, mais une sympathie
sérieuse, qui, basée sur des motifs raison-

nables, peut devenir une tendresse profonde.

— Voulez-vous dire que vous vous trou-
veriez coupable de chercher à assurer, par
un mariage de ce genre, l'existence d'Anna?
dit Mme de Vouvres, insistant, et cherchant
à pénétrer jusqu'au fond de sa pensée.

— Je vous le répète, Madame, je ne crois
pas que je lui doive un tel sacrifice. Je n'aurais peut-être pas assez de vertu pour donner le bonheur à un mari que je ne saurais
aimer, et dans ces conditions, j'agirais mal
en l'épousant.

Mme de Vouvres, par un mouvement involontaire, baisa la jeune fille au front.

— Alors, dit-elle après un instant de
silence, si jamais je vous offre un mari et
que vous l'acceptiez, je pourrai croire que
vous vous sentez capable de l'aimer et de le
rendre heureux?

— Oui, répondit Paule en souriant; mais
soyez persuadée, chère Madame, que votre
généreuse affection envisage là une chose
impossible.

— Qu'en savez-vous? dit soudain Mme de
Vouvres.

Paule rougit, et son cœur se mit à battre. Quoi! était-il possible que les horizons humains, qu'elle avait crue fermés, se rouvrissent pour elle? Elle serait aimée, elle se verrait soutenue? Cet effroyable isolement moral aurait un terme?...

— Mais tout d'abord, reprit Mme de Vouvres, très émue, dites-moi quels sont *ces motifs raisonnables* sur lesquels se baserait votre sympathie. Voulez-vous parler uniquement des qualités de l'âme et du cœur? Épouseriez-vous un homme affligé.... d'une grande laideur, par exemple, ou.... d'une infirmité physique?

Le visage de la jeune fille se couvrit d'une pâleur subite. N'était-ce pas un rêve? Lui serait-il jamais donné d'appeler cette femme sa mère? S'agissait-il d'Alain, qui lui avait inspiré une admiration et une pitié enthousiastes, et pour qui il lui serait facile, — oh! oui, bien facile d'éprouver cette profonde et dévouée tendresse qui est la gloire et le charme du mariage chrétien?...

Elle ne put contenir son émotion, et cacha son visage sur l'épaule de Mme de Vouvres.

— Je croirai à votre parole, mon enfant,

mais je vous supplie d'être loyale.... Pourriez-
vous l'aimer et le rendre heureux?... Oui,
vous avez deviné, Paule, mon fils vous
aime.... Pourquoi ces sanglots, chère petite?
Est-ce la joie, ou la crainte d'affliger votre
vieille amie en lui disant *non?*

Sa voix tremblait. La jeune fille releva la
tête et la regarda avec ardeur.

— Y avez-vous bien songé? dit-elle avec
une sorte d'angoisse. Je suis si pauvre!... Et
Anna!...

— Nous le désirons plus qu'aucune chos
au monde, mon enfant!

— Oh! c'est trop de bonheur! balbutia
Paule, fondant en larmes.

Le bras de Mme de Vouvres entoura sa
taille.

— A vous aussi, je répéterai : y avez-vous
songé? Mon fils est infirme...

— Ah! que j'en serai fière! s'écria la jeune
fille d'un accent auquel le cœur perspicace
de la mère ne pouvait se méprendre.

Elle jugea inutile d'adresser d'autres questions, et, ayant longuement embrassé Paule,
elle reprit avec un sourire heureux :

— Mon fils va être bien joyeusement surpris; il ne se doutait pas que je vous adresserais sitôt sa demande... Et en commençant cette conversation, je ne savais pas moi-même où elle m'entraînerait... Je lui écrirai demain; il réclamait mes conseils, je lui annoncerai votre consentement....

Cette soirée-là fut la plus douce que Paule eût jamais passée. Alain avait fait sur elle une impression dont maintenant, seulement, elle comprenait la profondeur. Mme de Vouvres parlait de son fils sans se lasser, et sans lasser celle qui l'écoutait si avidement; car il n'y a qu'une mère qui puisse faire de celui que nous aimons un éloge selon notre cœur. La jeune fille gravait dans sa mémoire les longs récits de l'enfance d'Alain, de sa jeunesse mâle, laborieuse et chrétienne, de son courage, de sa généreuse ardeur, de sa résignation, de sa tendresse filiale. Quelle joie de donner le bonheur à cet être si noble, de se prodiguer en retour de l'appui moral et matériel qu'il lui prêterait! Quelle miséricorde de la Providence! Quelle solution inattendue au problème douloureux de son

avenir ! Quelle sécurité pour sa chère
enfant !...

Elle éprouva un regret qu'elle-même jugea
exagéré, une sensation pénible et étrange
dont elle devait se rappeler plus tard la
singulière amertume, quand Mme de Vouvres
lui dit :

— Assez causé ce soir, ma chère fille, je
ne puis faire veiller plus longtemps ma
bonne Mathurine... C'est une amie pour moi,
mais je ne lui dirai cependant notre grand
secret qu'après que mon fils le connaîtra. En
attendant, vous et moi sommes seules au
monde à savoir que vous serez bientôt *sa*
femme...

Elle souriait, mais Paule, sans savoir pourquoi, éprouva de nouveau la même sensation douloureuse.

— Allons, ma Paule, reprit Mme de Vouvres, ouvrez l'*Imitation*, et avant de me quitter, lisez-moi mon chapitre de chaque soir.

— Quoi, le même !... Toujours ce chapitre
de la mort qui me semble si triste aujour-
d'hui !

— Vous savez bien que je le lis quotidien-

nement... Ces pensées sont aussi salutaires
dans la joie que dans la souffrance; si elles
rappellent aux malheureux que le ciel est
proche, elles font sentir aussi aux heureux
qu'ils doivent s'élever au-dessus du monde
qui passe... Plus qu'une autre, je dois songer
à cette heure terrible où le Fils de l'homme
viendra à l'improviste; j'ai depuis de longues
années une maladie du cœur, Paule. Mais
j'espère que j'aurai le temps de vous voir
unis et heureux.

Paule la regarda avec une vive et soudaine
inquiétude : ses traits étaient calmes et beaux,
sa respiration égale et douce.

La jeune fille chercha à se rassurer par la
pensée que, ainsi que beaucoup de femmes,
Mme de Vouvres se croyait à tort atteinte d'une
affection dont certains troubles purement
nerveux prennent souvent l'apparence.

— Allons, chère enfant, lisez, je vous prie.

Le petit livre s'ouvrit de lui-même à un endroit où le papier était presque usé à force
d'avoir été lu, au chapitre intitulé : « De la
méditation de la mort. »

Quand Paule ferma le livre et regarda

7

Mme de Vouvres, elle fut frappée et attendrie de la sérénité de son visage. Ces terribles pensées n'avaient rien d'effrayant pour l'âme chrétienne qu'elles entretenaient seulement dans une ferveur plus grande. Elle avait parcouru ici-bas sa route déjà longue les yeux et le cœur fixés sur le but céleste qu'aucune attache terrestre ne lui avait fait oublier. Elle avait pleuré, et offert à Dieu les gémissements de son âme ; elle avait goûté un bonheur légitime et doux, en sanctifiant chacune de ses joies ; elle avait usé, enfin, des choses du monde, comme un voyageur dans une hôtellerie, sans y laisser prendre son cœur... Aussi était-elle en paix, animée d'une filiale et joyeuse confiance.

Elle embrassa Paule, en la quittant, avec une tendresse qui émut délicieusement la jeune fille en lui rappelant les baisers lointains, hélas ! mais non oubliés de sa mère.

Si quelqu'un eût jeté les yeux, cette nuit-là, sur la fenêtre du cinquième étage, on eût vu la lampe y briller, non pour éclairer une douloureuse et pénible veille, mais pour illuminer la joie d'une créature heureuse qui eût craint de perdre une parcelle de son bonheur en se laissant aller au repos.

X.

Paule s'endormit seulement aux premières lueurs du jour; mais ce sommeil, léger et agité de rêves joyeux, ne se prolongea pas au delà de l'heure accoutumée. Elle s'habilla, fit sa prière avec une ferveur reconnaissante, puis, ayant préparé le déjeuner d'Anna, aida l'enfant à s'habiller, et se disposa à la conduire à son couvent.

Il n'était pas huit heures; on était à la mi-septembre, la matinée était fraîche et douce, et Paule voyait toutes choses, depuis les meubles proprets et l'arrangement de sa chambre jusqu'au ciel bleu et aux arbres du Luxembourg, avec les yeux du bonheur, — c'est-à-dire que tout lui paraissait plus brillant, plus beau, plus joyeux.

Elle revint du couvent un peu plus lentement, en allongeant son chemin, comme si ses pensées radieuses se fussent épanouies plus complètement à l'air doux et libre qu'on respirait à cette heure. Plus d'un passant se retourna instinctivement pour la regarder, non pas tant à cause du charme réel de sa personne et de l'élégance de sa démarche, que pour le sourire involontaire qui entr'ouvrait ses lèvres, pour les vives couleurs et le regard brillant qui contrastaient presque étrangement avec sa sévère toilette de deuil.

Comme elle rentrait chez elle, un groupe de femmes causaient sur le seuil de la porte; elle reconnut quelques-unes des marchandes du voisinage; mais comme elle allait passer en leur adressant un léger bonjour, la concierge fit un pas vers elle.

— Vous n'avez donc pas su le malheur, mademoiselle Paule?

— Quel malheur? demanda vivement la jeune fille, agitée d'une subite inquiétude.

— C'est juste, je vous ai vue sortir avec votre petite nièce, et ce n'est qu'un moment après, — oh! à peine une minute après, — que j'ai connu l'événement...

— Mais que voulez-vous dire, au nom du

ciel? s'écria Paule, qui cherchait instinctivement le genre de chagrin qui pouvait l'affecter.

Oui l'affecter!... Elle allait être, en effet,
plus douloureusement frappée qu'elle n'eût
pu s'y attendre, et qu'elle ne put même l'i-
maginer d'abord quand elle sut tout!...

— La dame du troisième est morte subitement.

Paule ne jeta pas un cri; le saisissement,
une incroyable douleur la rendirent muette
et immobile.

La concierge eut peur de la pâleur exces-
sive qui couvrit soudain ses traits, et lui offrit instamment de s'asseoir et de boire un
peu d'eau.

Ces paroles arrachèrent la jeune fille à sa
stupeur; elle fit un geste négatif, et se dirigea sans rien dire vers l'escalier.

Chacun des pas qui la rapprochaient du
corps inanimé de sa vieille amie avait un
écho cruel dans son cœur. Elle arriva enfin
devant ce seuil qu'elle n'avait jamais franchi,
jusque-là, sans un battement de cœur mêlé
de joie et d'espérance.

La porte était entr'ouverte; elle traversa
l'antichambre, et pénétra dans la chambre
de Mme de Vouvres. La pauvre vieille Mathurine était assise, ou plutôt affaissée dans un
fauteuil, les yeux fixes, semblant en proie
à un cauchemar affreux. Son regard, en
apercevant Paule, prit quelque chose d'égaré,
mais elle ne fit pas un mouvement vers elle.

La chambre était rangée avec le soin habituel; les vêtements que Mme de Vouvres avait
quittés la veille étaient pliés sur une chaise,
un rayon de soleil éclairait de sa chaude
lumière l'alcôve où elle dormait du sommeil
suprème, et mettait sur ses joues de marbre
un éclat vermeil et trompeur.

Était-elle donc vraiment morte, cette
femme au cœur si tendre, la veille encore si
pleine de vie? N'était-ce pas une affreuse illusion, n'allait-elle pas rouvrir ses yeux fermés?... Ses lèvres pâles n'allaient-elles pas
parler?... Non, c'était bien la mort. Quand
Paule pressa ses lèvres sur ce front glacé,
elle tressaillit au contact funèbre qu'elle ne
connaissait, hélas, que trop bien!

Elle avait été surprise par la mort pendant

son sommeil. Peut-être, dans un dernier et
unique spasme, avait-elle cherché d'une
main trop faible à saisir le cordon de la
sonnette, car le long gland traînait sur son
lit, tandis que son autre main serrait un petit crucifix d'argent, suspendu à son cou.
Mais elle n'avait pas dû souffrir : sur ses
traits légèrement rigides il n'y avait aucun
ravage, mais plutôt un calme suprême, si
profond que Paule crut la voir sourire... Ses
cheveux blancs, dépassant la dentelle de son
bonnet, formaient à son visage un cadre
argenté; à son poignet maigre et délicat, un
chapelet était enroulé, et sur sa table, tout
près d'elle, se trouvait le portrait de son fils.

La jeune fille s'agenouilla en sanglotant,
et essaya de prier; mais, chose remarqua-
—ble, à sa douleur se mêlait ce quelque chose
d'apaisé qu'éveille la mort chrétienne. Elle
se releva bientôt et songea à Mathurine. Elle
ne lui dit pas une parole : elle savait quelles
fibres vives et sacrées venaient d'être brisées
violemment dans le cœur saignant de la
pauvre servante; mais elle s'approcha d'elle
et l'embrassa. Cet acte de sympathie fit

ce que n'avait pu faire la longue et cruelle contemplation qui absorbait Mathurine; son cœur se souleva, ses yeux desséchés s'humectèrent, et avec un flot de larmes bienfaisantes, elle retrouva la faculté de parler et d'agir....

Parler!... elle avait peu de chose à dire! Paule comprenait, sans qu'elle l'exprimât, l'horreur qui s'était emparée d'elle en entrant dans la chambre de sa maîtresse. Elle avait imploré du secours, fait adresser un télégramme à son maître, et ne s'était laissée aller à la douleur qu'après avoir entendu de la bouche du médecin la cruelle, l'irrémédiable vérité.

Paule l'aida à rendre les derniers soins à cette chère dépouille. Ce n'était pas la première fois que les belles et adroites mains de la jeune fille paraient pour le cercueil des êtres aimés. Elle avait rempli ce funèbre devoir près de son vieux père; elle avait revêtu de sa toilette de mariée la jeune femme morte de son frère, et le dernier baiser qui se fût imprimé sur le front de Pierre du Plantier, ç'avait été celui de ses lèvres tremblantes. Mais le cœur ne s'endurcit point à de si cruelles tâches, et il lui semblait que toutes ses douleurs se fondissent en cette douleur nouvelle pour l'accroître et la rendre plus amère.

Ce soir-là, Anna resta, avec la permission des religieuses, passer la nuit au couvent; et l'amertume des regrets enfantins qu'elle payait dans la sincérité de son cœur à sa chère vieille amie fut un peu compensée par le plaisir inaccoutumé de s'endormir dans un petit lit blanc, au milieu d'un grand dortoir tranquille et joyeux.

Paule fut ainsi libre de passer dans la chambre funèbre cette dernière soirée. Les heures s'écoulèrent, lentes, douloureuses, partagées entre un regret sans nom et une appréhension terrible : elle attendait Alain, et redoutait le spectacle poignant de son chagrin.

Il n'avait sans doute pas été prévenu à temps pour prendre le premier train, et devait arriver par celui de minuit. Mathurine, tantôt priant, tantôt parlant, rappelait au milieu de ses larmes cette autre arrivée

7.

qui, quinze jours auparavant, avait si joyeusement animé la maison. Aujourd'hui encore,
à la même heure, on guettait d'une oreille
anxieuse le roulement des voitures ; le ciel
était encore brillamment étoilé ; mais le cœur
qui avait battu de l'impatience de l'attente
était muet et insensible.

Et cependant, penchée à la fenêtre, une
femme navrée interrogeait d'un regard
plein d'angoisse la rue presque déserte.
Paule s'oubliait pour ne penser qu'à la douleur de celui qu'elle considérait déjà comme
son fiancé, elle souffrait pour lui plus
encore que pour elle.... Enfin, le voilà.... La
voiture se fait entendre, s'arrête à la porte, et
Mathurine, sanglotant, s'avance dans l'escalier..... Où est-elle, cette ombre douloureuse qui obscurcissait le visage de la mère
au bruit de la jambe de bois?... Ses traits
gardent l'immobilité solennelle de la mort,
et le bruit fatal ne retentit plus que dans
le cœur de Paule.....

Il entre, cache sa tête dans l'oreiller, près
de cette figure pâlie qu'il a tant aimée, et
reste plongé dans une désolation indescrip-

tible... Ah! pourquoi n'a-t-elle pas vécu un
jour de plus? Pourquoi n'a-t-elle pu répéter
à son fils l'entretien de la veille? Alors, du
moins, Paule aurait le droit de s'approcher
de lui, de prendre sa main, de verser sur
ce cœur blessé le baume bienfaisant de sa
tendresse... Mais il ne sait rien, il ne lui a
rien dit; pour lui, elle ignore jusqu'au sentiment qu'elle a inspiré, et en ce moment,
perdu dans son chagrin, il ne remarque
même pas sa présence!

Elle comprend enfin, avec douleur, qu'elle
n'est qu'une étrangère dans cette maison,
que, maintenant que le fils est là, sa place
n'y est plus, n'y doit plus être. Oh ! les con-
venances et les lois du monde!... Que ne lui
est-il permis d'intervertir les rôles et de dire :
Celle que vous pleurez m'a nommée sa fille ;
si elle a vraiment lu dans votre cœur, laissez-moi user du droit si poignant et si doux
de pleurer avec vous.....

Mais ces paroles-là, elle ne peut pas les
dire. Le titre d'épouse seul lui permettrait
de rester là jusqu'à la séparation suprême.
Elle n'ose pas troubler le regret sacré d'Alain,

et, renonçant, au triste bonheur de baiser une dernière fois ces traits glacés, elle sort sans bruit et se retrouve seule dans sa chambre, brisée de fatigue et de larmes...

Elle ne revit plus sa vieille amie, mais elle se mêla aux rares personnes qui suivirent son convoi, et accompagna ses restes de l'église à la gare Montparnasse. Là seulement, comme elle allait se retirer après une dernière prière, Alain, pâle et rigide, se tourna vers elle.

— Merci, de ce que vous avez fait pour *elle*, dit-il d'une voix presque brisée; il m'est doux de songer que ces tristes soins vous sont dus... Plus tard, je vous dirai mieux...

Il s'arrêta brusquement, comme si ces mots eussent exprimé involontairement une pensée d'espérance, dont il eût eu honte en face de ce cercueil, et, s'inclinant profondément, il s'éloigna d'elle.

Mais elle avait recueilli cette parole, qui devait illuminer de longs jours d'attente, — plus longs, plus durs à porter qu'elle n'eût pu le penser alors.

XI.

Une des choses qui nous semblent le plus cruelles après la perte de ceux que nous avons chéris, c'est la nécessité où nous sommes de reprendre notre vie, et de constater que tout, autour de nous, suit son paisible cours, comme si le malheur n'avait point frappé à notre porte et fait un vide à notre foyer. — Notre existence est privée de ce qui en faisait l'appui ou le charme? Qu'importe! Il faut au lendemain de ce jour terrible, affronter les indifférents, nous atteler à notre tâche un instant interrompue, parler, marcher, agir. La lampe s'allume à l'heure accoutumée pour éclairer notre soirée solitaire; la table de famille est dressée : si grande qu'elle nous paraisse, il faut nous y asseoir et reprendre toutes les habitudes qui nous étaient jadis douces et agréables, quand elles nous étaient communes avec nos bien-aimés, et qui, aujourd'hui, nous pèsent comme un fardeau détesté, impitoyable.

Deux jours après son retour à Rennes, Alain dut rouvrir la porte de son bureau. Ses pensées étaient encore mêlées en un effroyable et douloureux chaos. Il éprouvait à la fois une désolation sans bornes, un vide affreux, une sorte de terreur de l'avenir. Il eût cru profaner ses regrets en y joignant, même de loin, une espérance d'avenir, et cependant, à son insu, il déplorait que sa mère n'eût pas eu le temps de lui répondre et de sonder elle-même, de sa main délicate et expérimentée, le cœur de celle qu'il aimait. Il se sentait livré à des défiances amères, à des craintes sans nom, et, privée de l'affection tendre et éclairée qui l'avait à la fois guidée et réjouie, sa vie lui apparaissait si morne qu'il avait besoin de sa foi tout entière pour l'accepter avec fermeté.

Mathurine, pâlie et courbée, errait comme une ombre dans la maison, éprouvant devant chacun des objets qu'elle revoyait une recrudescence de désespoir. Ses larmes faisaient mal à son jeune maître, et ce ne fut pas seulement l'implacable nécessité, mais encore le besoin d'échapper à ce spectacle

pénible et de fuir ses propres pensées, qui
le ramena au travail.

Le voilà assis dans cette pièce vaste, austère, tapissée de livres, et meublée de sièges
de cuir et d'un très simple bureau de chêne.
Son regard se porta d'abord sur une vieille
et précieuse gravure, représentant le Cruci-
fiement; puis, fortifié par cette contemplation, il s'approcha résolument de son bureau, et prit les lettres qui s'étaient accumu-
lées pour lui depuis quelques jours.

Il les ouvrit d'un geste bref, et les parcourut rapidement. Lettres d'affaires, lettres de
condoléance, il les jetait à mesure dans les
casiers qui se trouvaient devant lui. Bientôt
il ne resta plus qu'une enveloppe de grand
format, portant le timbre d'une localité voisine. Il reconnut d'un coup d'œil quelle en
était l'écriture; cette lettre venait d'un de
ses amis de collège, établi à la campagne,
et avec lequel, du reste, il n'avait conservé
que des relations banales. Si quelqu'un eût dit
à Alain que cette feuille de papier allait être
un événement dans sa vie, et que la causerie
affectueuse mais d'ordinaire insignifiante de

son camarade de collège allait faire à son cœur une blessure inguérissable, certes, ce quelqu'un l'eût bien étonné. Si vous-même, cher lecteur, vous aviez jeté les yeux sur la lettre en question, vous n'y auriez peut-être pas découvert ce qui devait changer toute la vie du jeune homme et détruire ses espérances.

Les premières lignes faisaient allusion à la mort de Mme de Vouvres, et exprimaient une sincère sympathie pour le fils éprouvé; puis, à la troisième page, il y avait ceci :

« Les morts subites ne sont malheureuse-
« ment pas rares parmi nos connaissances.
« M. Bergeret, le beau-frère de ma tante de
« Saint-Yves, vient de succomber à une at-
« taque de paralysie. Il a fait quelques
« efforts pour parler, mais on n'a pu donner
« la moindre signification à ses gestes incer-
« tains. Ma tante espérait qu'il aurait réparé,
« par son testament, le tort qu'il lui a fait en
« la privant de la fortune de Mme Bergeret.
« Il n'en est rien ; on n'a découvert aucun
« testament, et comme, d'après les disposi-
« tions de sa femme, reconnues par la loi,

« il était son unique héritier, il se trouve
« que c'est sa famille, à lui, qui va jouir
« de tout ce qu'il laisse. Or, après quel-
« ques recherches, il semble qu'il n'ait
« plus qu'une parente éloignée, la sœur
« de notre ancien camarade du Plantier, qui,
« dit-on, est dans une situation précaire.
« On attend, pour lui écrire, les preuves lé-
« gales de la mort d'un Bergeret qui habi-
« tait New-York; mais tout fait présumer
« qu'il a bien réellement disparu de ce
« monde..... Je vous dis tout cela parce que
« je vous sais allié à ma tante de Saint-Yves,
« et que vous avez jadis pris à ses affaires
« un intérêt affectueux..... etc., etc. »

Les traits d'Alain, déjà si fatigués et si altérés, devinrent tout à coup d'une lividité
effrayante.

— Elle, l'héritière de Jules Bergeret!...
répéta-t-il plusieurs fois comme si son esprit eût refusé d'admettre le sens de ces paroles.

Il essuya son front couvert de sueur, et attacha des yeux presque hagards sur la vieille
et pieuse gravure.

— Alors, reprit-il lentement, sans s'apercevoir qu'il parlait tout haut, elle ne peut plus être ma femme !

Il appuya ses coudes sur son bureau, et cacha sa tête dans ses mains. Le sacrifice mystérieux qu'il accomplissait ainsi lui coûtait sans doute bien cher, car Mathurine, qui passait devant la porte, distingua des sanglots convulsifs, désespérés, et elle s'enfuit, toute bouleversée, pour ne pas entendre pleurer son jeune maître.

. . . .

— Attendez un instant, s'il vous plaît, mademoiselle, j'ai une lettre pour vous.

Et la concierge tendit à Paule une enveloppe grise, dont l'adresse était écrite d'une main raide et masculine.

Elle la prit et monta l'escalier en hâte, saisie d'une émotion soudaine. Cette lettre, sur un de ses timbres, portait ces mots : *Rennes à Paris.*

— Rennes ! se dit-elle. Si c'était de lui !

Elle ne connaissait pas l'écriture d'Alain, et elle se figura que ces lignes largement tracées lui ressemblaient. Mais l'espoir qui avait un instant rempli son cœur s'évanouit lorsque, dépliant la feuille de papier, marquée au timbre de M⁰ Sageot, notaire à Rennes, elle comprit que cette missive n'était pas d'Alain. Elle s'abandonna un instant au regret amer de ce désappointement, puis releva la tête en essuyant une larme furtive, mais brûlante.

— Allons, pensa-t-elle, sa mère s'était sans doute trompée, il ne m'aime pas...

Elle reprit la lettre qui gisait sur ses genoux, et lut ce qui suit, avec une surprise dont aucune parole ne saurait donner l'idée.

« Rennes, 15 octobre 1874.

« Mademoiselle,

« J'ai l'honneur de vous informer que « que M. Jules-Alphonse Bergeret, votre cou- « sin au neuvième degré, étant mort le « 17 septembre de la présente année, sans « laisser d'héritiers directs ni de parents « plus proches, vous êtes, de par la loi, et en « l'absence de toute disposition testamen- « taire, son héritière universelle.

« La fortune qu'a laissée M. Bergeret, mon
« regretté client, se subdivise comme suit :

« 1° Rentes sur l'État à 3%, 200,000 fr.

« 2° Obligations du chemin de fer de
« l'Ouest, au porteur, 125,000 fr.

« 2° Fermes, bois, etc., 275,000 fr.

« Plus une maison d'habitation à Rennes,
« et le château de la Garenne, avec des dé-
« pendances de quatorze hectares en parc,
« bois, prairies, potager, etc., sis en la com-
« mune de Talensac, près Montfort-sur-Meu
« (Ile-et-Villaine).

« Les titres de ces diverses valeurs sont
« déposés en mon étude, et j'ai l'honneur,
« mademoiselle, de me mettre à votre dis-
« position pour les formalités telles qu'ac-
« quittement de droits de succession et au-
« tres, vous assurant, si vous voulez bien
« m'accorder votre confiance pour l'avenir,
« de mon plus entier dévouement.

« En attendant vos ordres, je vous prie,
« mademoiselle, d'agréer l'expression du
« profond respect de votre très-humble ser-
« viteur.

« C. SAGEOT. »

« P. S. — Dans le cas où vous auriez l'inten-
« tion de venir visiter vos propriétés, il serait
« peut-être à propos de mettre en état la
« maison de ville et le château, fermés de-
« puis un mois. Si tel était votre désir, vous
« voudriez bien m'adresser une procuration,
« afin que l'on puisse procéder immédiate-
« ment à la levée des scellés. »

Peu de jours auparavant, Paule eût ac-
cueilli cette lettre avec une surprise joyeuse.
Mais la déception dont elle venait d'être pour
elle l'occasion, et les tourments intimes qu'elle
subissait depuis quelques semaines la dispo-
saient à un certain désenchantement, et ce
fut sans enthousiasme qu'elle relut l'adresse,
pour s'assurer qu'il n'y avait point d'erreur,
et qu'elle était bien l'héritière de ce parent
inconnu qui venait de mourir.

Sa première pensée fut :

— Que m'importe maintenant?...

La seconde fut pour Anna :

— Je suis égoïste; je dois songer à elle,
me réjouir pour elle. La vie lui sera facile, je
tâcherai de la lui faire plus douce.

Elle se leva, mit son chapeau et sortit.

— Madame Romain, dit-elle à la concierge, pourriez-vous m'indiquer dans le voisinage la demeure d'un avocat?

La bonne femme fit un geste de surprise, et regarda la jeune fille. Mais sa curiosité se heurta à une tranquillité impénétrable.

— Sans doute, que j'en connais un, et un grand, encore! Tenez, mademoiselle, là, au coin de la rue Bonaparte, où vous voyez trois voitures... Toute la journée il vient du monde chez lui; si l'on veut molester une pauvre jeune dame comme vous, il saura bien vous défendre.

— Comment l'appelez-vous?

— M. N ***.

Paule avait été trop familiarisée avec le monde du palais pour ne pas connaître ce nom. Elle savait que c'était celui d'un homme intègre, éclairé, justement estimé et célèbre. Elle remercia brièvement la concierge, et se dirigea vers la demeure de l'avocat. Elle dut attendre quelque temps avant d'être introduite auprès de lui. Elle se recommanda du nom de son frère, et eut

un éclair de joie en entendant l'homme émi-
nent qui se trouvait devant elle faire un
éloge bref, mais chaleureux du pauvre
Pierre.

Elle lui donna sa lettre à lire, et quand
il eut fini, il la regarda avec étonnement. Il
se rappelait avoir jadis entendu dire que
M. du Plantier laissait sa famille dans un dé-
nûment presque absolu, et, avec l'expérience qu'il avait de l'humanité, il lui semblait étrange de voir cette jeune fille rester
si calme, — plus que cela, si indifférente
devant cette annonce subite d'une fortune
considérable.

— Permettez-moi de vous féliciter d'un
héritage qui s'annonce aussi brillant qu'in-
contesté, dit-il avec grâce. Puis-je savoir
quelle sorte de conseil vous désirez de moi?

— Cette lettre ne fait mention que de
moi ; on ignore sans doute que mon frère a
laissé une fille ; elle doit, ce me semble, re-
présenter son père, héritier au même titre
que moi, et je voudrais établir les droits
qu'elle a conjointement avec moi à la succession.

A sa grande surprise, M. N***. lui apprit
que ces droits étaient nuls en ce qui regardait l'enfant. Il lui expliqua qu'à un certain degré les plus proches parents héritent
seuls, sans que la représentation des colla-
téraux décédés soit admise.

— Alors, dit en souriant la jeune fille, ma
chère petite nièce me devra sa dot; plus tard,
nous partagerons. Si je mourais, elle serait
à son tour mon unique héritière?

— Sans doute.

Paule sortit, un peu plus joyeuse, éprouvant une vague satisfaction à se sentir l'ar-
bitre du sort de cette enfant tant chérie.

Elle écrivit au notaire, prit quelques dispo-
sitions en prévision d'un prochain départ,
alla voir quelques amis que devait réjouir
l'annonce de son héritage, puis se rendit
au couvent d'Anna pour remercier chaleu-
reusement la supérieure de ses bontés.

— Anna, dit-elle à l'enfant, il faudra
que demain tu dises adieu à tes maîtresses
et à tes amies; nous allons partir très pro-
chainement.

— Où donc irons-nous, tante Paule? demanda la petite fille, vaguement émue, lorsque la porte du couvent se fut refermée sur elle.

— Je t'expliquerai tout cela quand nous serons chez nous, répondit Paule.

Et lorsqu'elle fut assise dans le petit fauteuil où elle avait passé tant d'heures laborieuses et anxieuses, elle prit l'enfant sur ses genoux.

— Anna, dit-elle, aimerais-tu à habiter la campagne?... Une grande maison avec un parc, un bois, un potager....

Elle s'arrêta. Les yeux de la petite fille s'étaient soudain dilatés, et, les mains jointes, la poitrine oppressée, elle écoutait avec ravissement.

— La campagne! s'écria-t-elle. Des pelouses où l'on pourra marcher! Des fleurs qu'on pourra cueillir!...

Paule l'embrassa, émue de cette joie à la fois délirante et contenue.

C'est qu'Anna était une vraie petite Parisienne, folle de grand air, de verdure et de fleurs; c'est qu'elle avait la sympathie instinctive de l'enfance pour les horizons libres,

8

la nature agreste, c'est qu'enfin, avec sa santé délicate, elle éprouvait la vague intuition du bien-être et des émanations pures de la campagne.

La jeune fille comprit alors et goûta dans sa plénitude, sans arrière-pensée égoïste, sans retour sur elle-même, la joie d'entourer de bonheur et de confortable sa chère petite enfant.

— Oui, Anna, nous allons partir... Il faut remercier Dieu, ma chérie; il nous envoie assez d'argent pour que je n'aie plus de soucis.

— Alors, dit vivement la petite fille, tu ne travailleras plus?

— Chacun doit travailler, et j'accomplirai comme les autres cette grande loi; mais ce ne sera plus pour gagner de l'argent.

— Oh! tante Paule, quel bonheur!... Si tu veux, nous chercherons une autre tante bien pauvre et bien triste et une autre petite Anna, et nous les rendrons heureuses à leur tour.

Cette fois, Paule serra avec transport l'enfant sur son cœur, car devant son âme désenchantée, cette parole naïve venait de faire luire les joies ineffables de la charité.

XII.

Le surlendemain, à huit heures du soir, la jeune fille montait en wagon avec sa nièce. Celle-ci, tout entière au plaisir du voyage, colla son petit visage contre la glace, regardant avec ravissement s'enfuir le paysage. Le mouvement, cependant, et l'obscurité croissante alourdirent peu à peu ses paupières, et l'on avait à peine passé Versailles que Paule, l'ayant étendue sur les coussins avec de tendres précautions, la vit bientôt s'endormir de ce sommeil paisible de l'enfance qui ne se laisse troubler ni par le bruit, ni par les secousses d'une locomotion rapide.

Quant à elle, elle ne songea pas à dormir ; trop de pensées, trop de regrets, trop de plans et de projets se croisaient dans son esprit pour qu'elle pût goûter du repos. Elle était encore sous l'empire d'une surprise qui

lui semblait tenir du rêve, et elle avait peine
à croire que sa vie de labeurs fût si brusquement terminée.

Certes, elle envisageait avec un sentiment
de soulagement indicible l'avenir qui s'offrait
à elle; ce qui la touchait davantage, dans
cette situation nouvelle, c'était la quiétude
d'esprit qui serait désormais son partage.
L'existence d'Anna serait douce, calme et
belle; elle entourerait sa jeunesse de soins
délicats, de gâteries maternelles, et lui pré-
parerait, grâce à cette baguette magique, —
l'argent, — une vie joyeuse et brillante.
Quant à elle, elle était encore sous le coup
d'un chagrin trop amer et d'un désappointement trop profond pour être sensible, en
ce qui la regardait personnellement, aux
jouissances de la fortune. Les scènes funè-
bres dont elle venait d'être témoin étaient assez
près d'elle pour lui inspirer un vague détachement des biens terrestres, et d'autre part,
elle éprouvait une de ces peines de cœur qui,
dans la jeunesse, décolorent, au moins pour
un temps, tout ce qui nous entoure.

Ainsi que nous l'avons dit, en dépit de

ses vingt-cinq ans, et malgré la vie pénible qu'elle avait menée, Paule était restée assez jeune pour éprouver, en face d'un
chagrin de cette nature, une sorte de surprise mêlée d'angoisse, en même temps
qu'un regret profond. Elle sentait que l'i-
mage qui s'était si rapidement gravée dans
son cœur ne s'en effacerait qu'avec peine,
et éloignerait tout autre projet d'avenir. Pendant les quelques semaines précé-
dentes, elle avait beaucoup vécu, et la vivacité de ses sensations avait suppléé au peu
de temps qu'elles avaient mis à se développer. L'amour qu'elle avait ressenti presque
soudainement pour Alain de Vouvres avait
reçu la consécration des larmes. La pieuse
femme qui n'était plus l'avait elle-même
éveillé dans son cœur, et il semblait à Paule
que ce fût quelque chose de sacré comme le
dernier vœu d'une mourante. Cette tendresse,
si pure et si légitime, s'était tout d'abord
traduite par une immense compassion; le
premier sentiment qu'elle eût eu en commun avec Alain, c'était la douleur qu'elle
avait éprouvée comme lui de la mort de sa

8.

mère. Enfin l'attente, confiante d'abord, puis anxieuse et déçue d'une lettre ou d'une démarche de sa part, avait de plus en plus enraciné en elle l'affection qui ne semblait pas, hélas! payée de retour.

Quelques larmes mouillaient ses yeux tandis qu'elle regardait vaguement les étoiles qui apparaissaient une à une dans le ciel foncé. Cependant, une vague espérance cherchait à naître en son cœur au milieu de son chagrin. Était-il si étrange, après tout, qu'au bout d'un mois le fils frappé d'un si affreux malheur songeât à une union joyeuse? Tout n'était pas encore perdu; il n'était pas possible que la mère si tendre et si éclairée se fût trompée sur des sentiments qu'elle devait connaître mieux que personne. Paule avait laissé une adresse à Paris, et elle se dit que, sous peu de temps, elle pouvait recevoir des nouvelles d'Alain.

Au milieu de toutes ces pensées diverses, de ce courant contraire d'espoir et de craintes, la nuit se passa assez promptement. Un jour encore pâle luttait avec la lumière rouge des becs de gaz, quand elle éveilla Anna et descendit avec elle dans la gare de Rennes.

Elle se hâta de monter dans un omnibus, et aussitôt arrivée à l'hôtel, elle coucha l'enfant, à demi étonnée, à demi endormie.

Paule ne se sentait pas fatiguée. Une sorte de surexcitation s'était emparée d'elle à la pensée qu'elle se trouvait dans la même ville que M. de Vouvres. Elle répara le désordre de sa toilette, puis écrivit quelques mots à Me Sageot, pour l'avertir de son arrivée et le prier de vouloir bien venir la voir à l'hôtel.

Elles venaient de déjeuner, et Anna, appuyée au balcon de sa chambre, regardait dans la rue et la trouvait « très triste, bien plus triste encore que la rue de Vaugirard, » lorsqu'on vint prévenir Mlle du Plantier que le notaire la demandait. Elle prit l'enfant par la main, et descendit aussitôt.

Me Sageot était un petit homme approchant de la cinquantaine, vif, remuant, et dont la physionomie annonçait la finesse. L'extérieur à la fois distingué et attrayant de Paule parut l'impressionner favorablement, et ce fut de l'air le plus empressé qu'il répondit à ses questions.

— Mes droits à cet héritage sont incontestés, n'est-ce pas, monsieur? On est sûr qu'il n'existe pas de plus proches parents que moi?

— Tout à fait sûr, mademoiselle. Les recherches les plus minutieuses ont été faites, et tout est parfaitement en règle à ce sujet.

— Et M. Bergeret n'avait pas d'amis à qui il eût témoigné l'intention de léguer sa fortune?

— Il n'avait pas d'amis intimes, et n'a jamais, à ma connaissance, fait allusion à aucune intention de ce genre. Il n'était pas âgé, et chacun eût pu croire qu'il vivrait encore longtemps.

Paule reprit, après un instant de silence :

— Je n'avais jamais entendu parler de lui. J'aimerais à savoir quelque chose sur son compte. Quelle espèce d'homme était-il?

— Un misanthrope, brouillé avec toute sa famille, et vivant à la Garenne toute l'année, sauf l'époque des échéances, où il apparaissait à Rennes... Un chasseur enragé, — un collectionneur de vieilles médailles; méchant, disaient les uns, tout au moins égoïste et sec. Il avait bien changé; dans sa jeunesse, c'était un homme du monde.

— Était-il donc avare?

— Non; il aimait l'argent, mais il dépensait à peu près ses revenus, ayant une table recherchée, des armes de prix, quelques beaux tableaux.

— Ne m'avez-vous pas dit qu'il avait une maison à Rennes?

— Un vieil hôtel, rue des Dames. C'est bien délabré; désirez-vous le visiter aujourd'hui?

— S'il vous plaît, monsieur.

Quelques instants après, Paule, accompagnée de Me Sageot et d'Anna, s'arrêtait devant une maison grisâtre, dans une des rues étroites et anciennes de la ville. La porte massive, les hautes fenêtres, les murailles en pierre de taille et le toit élevé pouvaient en effet lui assurer la qualification d'hôtel; mais tout cela avait un air désolé, aban-

donné ; les grilles des fenêtres du rez-de-
chaussée étaient dévorées par la rouille,
quelques digitales sauvages croissaient à
l'angle du mur. Cependant, un filet de fu-
mée blanchâtre, s'échappant d'une cheminée à demi détruite, annonçait que cette
sombre demeure était habitée.

— Je vendrai cette maison, dit Paule avec
un frisson, je ne voudrais pas y dormir.

Le notaire souleva le marteau de la porte
d'entrée ; il retomba avec un bruit sourd
qui, retentissant dans le silence de cette rue
déserte, fit aboyer un ou deux chiens errants,
et attira à leur fenêtre quelques voisines
curieuses.

Presque aussitôt la porte s'ouvrit en grin-
çant, et une femme ridée, maigre, extraor-
dinairement courbée, se montra sur le seuil
et regarda les visiteurs avec étonnement.
Elle avait évidemment dépassé les limites
ordinaires de la vie, bien que, en dépit de
son apparence, elle fût encore singulièrement alerte. Anna ouvrit de grands yeux en
entendant le notaire dire tout bas à sa tante
que cette femme avait quatre-vingt-dix ans.

— Bonjour Nanon, dit M⁰ Sageot avec un signe de tête familier ; donnez-nous les clefs, je vous prie ; je vous amène votre nouvelle maîtresse.

— Ma nouvelle maîtresse ! répéta-t-elle d'une voix à la fois faible et aiguë, empreinte en ce moment d'une singulière amertume, elle ne le sera pas longtemps ! Marie-Rose est si mal, dans cette loge humide et glaciale, que je vais me décider à entrer à l'hospice avec elle. Je suis restée ici des années et des années ! J'y suis née, monsieur, et j'aurai quatre-vingt-dix ans vienne la Saint-Martin. J'espérais y mourir, car à mon âge, on tient aux vieux murs. Pourtant, je serais partie avec l'enfant infirme si Monsieur s'était souvenu de moi dans son testament.

— Je vous ai déjà dit qu'il n'a pas laissé de testament, Nanon.

— C'est le tort qu'il a eu, monsieur ; il est dur pour de vieux serviteurs de finir à l'hôpital, et j'y suis bien obligée, puisque l'enfant se meurt ici, et que je ne puis payer une autre maison...

— Vous avez une fille infirme? demanda Paule doucement.

— C'est la fille de mon petit-fils ... Son père a mangé le peu que j'avais, et elle n'a plus que moi au monde. Un pauvre soutien! ajouta-t-elle, attachant sur Paule des yeux étrangement brillants sous leurs paupières ridées.

Me Sageot écarta d'un geste la vieille femme.

— Allons, Nanon, laissez-nous passer. Vous êtes une folle; il y a longtemps que vous auriez dû mettre Marie-Rose aux Incurables.

— Puisqu'elle ne voulait pas me quitter! répliqua la vieille concierge d'un air farouche.

— N'ayez pas de chagrin! s'écria soudain Anna, prenant avec une grâce enfantine sa longue main jaune et desséchée. Tante Paule est si bonne! Elle vous donnera de l'argent, beaucoup d'argent!

— Oui, comptez sur moi, ajouta la jeune fille avec un sourire qui causa à Nanon un tel saisissement que Me Sageot lui arracha ses clefs avec impatience, et s'élança le premier dans l'allée, invitant Paule à le suivre.

Un air humide, lourd, méphitique, frappa désagréablement leurs poumons lorsqu'ils pénétrèrent dans les quatre grandes pièces du rez-de-chaussée. Par l'imperceptible ouverture des épais volets, un faible et mince filet de lumière glissait sur le plancher poussiéreux.

L'obligeant notaire ouvrit les fenêtres, et le grand jour éclaira soudain les tapisseries fanées, tombant en lambeaux, et les meubles vieux, sans élégance et sans cachet de deux salons, d'une salle à manger, et d'une bibliothèque dont l'ancienne destination se devinait seulement à ses rayons dégarnis. Paule frissonna de nouveau, et Anna, levant sur elle un regard effrayé, lui demanda à voix basse :

— Ce n'est pas ici que nous allons demeurer, n'est-ce pas, tante Paule?

— Non, ma chérie, ne crains rien......

— Voulez-vous monter, sauf à examiner

9

tout ceci en détail plus tard, mademoiselle?

Paule suivit le notaire dans l'escalier large, presque monumental, garni d'une rampe en chêne noirci.

Quelques chambres à coucher furent ouvertes. Les meubles en étaient usés, fanés, le crin s'échappant des sièges, la literie roulée au fond des alcôves.

Paule poussa une porte au hasard, et l'impression désagréable qu'elle avait éprouvée s'effaça à demi en se trouvant dans un vaste cabinet qui, évidemment, était tenu toujours prêt en vue de l'arrivée du maître. La fenêtre, entr'ouverte, donnait sur un jardin étroit, mal entretenu, mais dont le fouillis verdoyant était plein de charme rustique. Des rideaux de perse très frais retombaient autour du lit en érable, ancien, mais fort beau; un bureau, une table à ouvrage élégante, des sièges en velours bleu un peu fané, mais propre, meublaient l'appartement. Contre la muraille, en face d'une petite glace de Venise, était suspendu un portrait devant lequel Paule s'arrêta soudain. Il représentait une jeune fille ou une toute jeune femme;

dont le délicat visage s'encadrait chaste-
ment dans de longs bandeaux brillants tels
qu'en portaient jadis nos mères. Une bran-
che de lilas blanc, placée dans ses cheveux
châtains, un peu bas et en arrière, frôlait
son épaule à demi découverte, que faisait
ressortir une robe d'un bleu pâle. La pose
était timide, pleine de grâce attrayante, le
teint rosé, les yeux bleu sombre, les mains
petites et étroites dans leurs longues mitai-
nes de filet. Ce portrait était très beau et avait
une grande valeur artistique.

Paule se tourna vers M° Sageot.

— C'est la femme de M. Bergeret, dit-il,
une demoiselle de Forsange.

— N'a-t-elle jamais eu d'enfants?

— Un fils, qu'elle a perdu. Elle ne s'en
est jamais consolée, ni M. Bergeret non
plus... Seulement, elle resta douce et triste,
et lui devint plus sombre, plus égoïste, plus
bourru et plus dur.

— Les avez-vous beaucoup connus?

— Mme Bergeret était encore jeune quand
elle mourut. On dit qu'elle n'était point heureuse... Il n'y a que dix ans que je suis à

Rennes, et je n'avais avec son mari que des relations d'affaires... Cette chambre est en bon état, mademoiselle; si vous désiriez séjourner quelques jours ici?...

— Non, je compte partir demain pour la Garenne.

— Vous y trouverez une femme de charge qui vous montrera le château en détail. J'aurais voulu vous y accompagner moi-même; mais, à mon grand regret, il m'est impossible de m'absenter demain.

— Oh! je ne voudrais pas abuser de votre complaisance !

Comme elle se retournait pour quitter la chambre, elle aperçut la figure sombre de Nanon.

— Est-ce que vous allez rester ici? demanda la vieille femme, qui tenait en main un plumeau.

— Non, je retourne à l'hôtel... Mais auparavant, je voudrais voir votre fille.

Quelque chose comme l'ombre d'une émotion passa sur le visage parcheminé de Nanon. Elle descendit en silence le large escalier, et indiqua la porte de la loge.

C'était une petite pièce carrelée, enfumée et sombre, au-dessous du niveau de la rue. Un maigre feu brûlait dans l'âtre béant; mais l'eau suintait le long des murailles, et dans un petit lit, rapproché de la cheminée, une enfant d'une dizaine d'années grelottait, malgré la douceur de la température; son petit visage pâle et maigre était éclairé par deux yeux noirs très grands, à la fois sauvages et intelligents.

Anna s'arrêta, interdite, et Paule, s'approchant, passa une main caressante sur les cheveux bruns et frisés de l'enfant.

— Qu'a donc cette pauvre petite? demanda-t-elle d'un ton de compassion.

— Des rhumatismes articulaires, répondit brièvement la vieille femme.

— Et jugez, mademoiselle, dit le notaire, resté sur le seuil de la loge, si un pareil endroit est sain pour elle! Mais les gens de cette classe sont si entêtés! Ils aiment mieux perdre leurs enfants que de les mettre à l'hospice!

— Je ne veux pas aller à l'hospice! s'écria la petite malade, dont les yeux devinrent hagards. Les sœurs sont bonnes, mais je veux rester avec grand'mère !

Nanon se rapprocha d'elle, et, sans rien dire, jeta au notaire un regard de défi.

— Mais, dit Paule, n'auriez-vous pu demander à votre maître la permission d'installer cette enfant dans une des chambres inhabitées du premier étage?...

— Je le lui avais demandé....

— Y pensez-vous, mademoiselle? s'écria le notaire. Ces gens sont si disposés à abuser!.. A un moment donné, cet arrangement eût été insoutenable.

— Installez-vous dès ce soir là-haut avec cette enfant, interrompit Paule, s'adressant à Nanon. Choisissez une chambre exposée au midi, un bon lit, et faites venir un médecin. Ses visites et les médicaments me regarderont.

La petite malade ouvrait démesurément ses grands yeux, et Nanon restait immobile, comme pétrifiée par la surprise.

— Mais ne m'avez-vous pas dit tout à l'heure, mademoiselle, que votre intention est de mettre l'hôtel en vente? demanda

Me Sageot, se tournant vers Paule vivement.

— J'ai changé d'idée, répondit-elle, regardant la vieille femme. Nanon peut être assurée que le toit qui l'a vue naître l'abritera toujours... Seulement, ma bonne, ajouta-t-elle, c'est beaucoup de fatigue, à votre âge, de soigner seule cette enfant... Cherchez, parmi votre famille ou vos connaissances, une personne sûre à qui il plaise de demeurer avec vous; je me chargerai des frais, naturellement.

Me Sageot réprima l'étonnement qu'il éprouvait.

— Allons, Nanon, dit-il, remerciez cette demoiselle; elle est trop bonne, vraiment!

Mais, sans même l'entendre, la vieille femme s'approchait lentement, essayant de redresser sa taille courbée.

— Que Dieu bénisse l'enfant que vous aimez! dit-elle d'une voix presque éteinte par un sanglot, et levant d'un geste solennel sa main tremblante. Qu'elle soit un jour ce que vous êtes!... Et vous, que le bonheur soit votre partage! Que le ciel vous donne une vie aussi longue que la mienne, avec les joies que je n'ai jamais connues! Qu'il vous accorde de voir comme moi les petits-enfants de vos enfants, mais qu'il ne rappelle pas avant vous ceux qui doivent vous survivre!... Je vous souhaite un bon mari!...

Elle s'arrêta, comme vaincue par son émotion, et, saisissant d'un geste rapide un pan de la robe de Paule, elle le baisa avec ferveur.

La jeune fille, émue, lui serra amicalement la main, et, étant sortie de la maison, elle respira avec délices l'air extérieur.

Le notaire la regardait à la dérobée, et semblait hésiter à lui adresser une question qui, cependant, brûlait ses lèvres. La curiosité l'emporta.

— Dois-je croire..... puis-je penser que cette vieille femme, qui vous est inconnue, a pu être pour quelque chose dans votre résolution de conserver l'hôtel? demanda-t-il, épiant avec intérêt le visage de sa belle cliente.

— Pourquoi pas? répliqua-t-elle simplement.

Et elle ajouta avec un sourire :

— J'espère que ses souhaits me porteront
bonheur.

Ce soir-là, tandis que Me Sageot confiait
mystérieusement à sa femme que l'héritière
de M. Bergeret était un peu folle, une prière
émue sortait du cœur flétri de la pauvre
grand'mère pour sa jeune bienfaitrice, et
pendant sa nuit sans sommeil, elle n'entendit
pas une fois la toux ni les plaintes de sa
petite-fille, dont les membres souffrants repo-
saient à l'aise sur le lit moelleux d'une
chambre du premier étage.

XIII.

Paule se leva de bonne heure le lendemain
matin, voulant assister à la messe.

Elle était absorbée dans sa prière lorsque
le prêtre monta à l'autel; mais elle tressaillit
involontairement au bruit sourd qui réson-
nait près d'elle sur les dalles, et, se retour-
nant, elle aperçut Alain de Vouvres qui,
appuyé sur sa canne, s'avançait vers un prie-
Dieu placé un peu derrière elle.

9.

Ainsi, pour la seconde fois, elle le rencontrait dans une église! Cette coïncidence lui sembla d'un heureux augure, et elle eut peine à détacher ses yeux du jeune homme et à reprendre sa prière un instant interrompue.

Sitôt la messe finie, elle se leva pour rejoindre Anna, confiée pour une demi-heure à la maîtresse de l'hôtel. Le cœur lui battant malgré elle, elle passa près d'Alain, et le vit pâle, amaigri, les traits altérés par une douleur secrète, mais cuisante. Lui aussi releva la tête, et resta comme frappé de stupeur en retrouvant devant lui celle qu'il aimait d'une tendresse à la fois profonde et désolée. Elle s'éloigna rapidement, emportant l'impression de ce regard, de cette surprise presque douloureuse, et, de retour à l'hôtel, elle essaya, en s'occupant de ses préparatifs de départ, de se distraire de l'idée qui s'était de nouveau emparée d'elle.

Quelques heures plus tard, comme, ayant terminé tout ce qu'elle avait à faire à Rennes, elle attachait le chapeau d'Anna, se préparant à se rendre au chemin de fer, on frappa à sa porte, et on lui remit un paquet.

— Il est heureux que ce soit arrivé à temps, et juste ici, ajouta le domestique; le commissionnaire avait ordre de chercher Mademoiselle dans tous les hôtels de la ville.

Paule ouvrit distraitement le paquet, croyant presque à une erreur. Mais tout à coup, le sang abandonna ses joues et reflua vers son cœur. Dans un petit carton, elle apercevait l'*Imitation* bien connue de Mme de Vouvres, et une bague à chaton d'améthyste, de valeur assez médiocre pour être considérée comme un *souvenir* et non comme un *présent*. Ces deux objets étaient accompagnés d'une carte de visite bordée de noir, sur laquelle, au-dessous du nom d'Alain de Vouvres, étaient inscrits ces mots, d'une écriture fine et nerveuse : *Présente à Mlle du Plantier ses respectueux souvenirs et l'hommage de sa profonde reconnaissance, et la supplie de vouloir bien se servir, en mémoire de sa mère regrettée, des deux modestes objets qu'elle portait sur elle le jour de sa mort.*

Paule baisa avec émotion la bague et le petit livre, puis se demanda si elle devait les accepter. Après bien des hésitations, elle se décida pour l'affirmative.

— Cher volume! murmura-t-elle, tu m'apprendras à vivre et à mourir comme elle, — à souffrir ou..... à être heureuse.

Quant à la bague, il lui sembla, en la passant à son doigt, qu'elle prenait vis-à-vis d'elle-même l'engagement d'oublier Alain s'il ne l'aimait pas, mais aussi celui de ne pas donner à un autre le cœur qui avait été rempli de son image.

Ce jour-là, quand Mathurine revint du cimetière, où elle se rendait quotidiennement, trouvant un triste bonheur à prier sur la tombe de sa chère maîtresse et à la parer de fleurs, elle frappa à la porte d'Alain, et, ayant reçu la permission d'entrer, lui montra un visage bouleversé par l'émotion.

— Savez-vous ce que j'ai trouvé au cimetière, monsieur? dit-elle. Un bouquet magnifique sur *sa* tombe... Oh! mais un bouquet!... Je n'ai jamais vu qu'une personne au monde qui arrangeât les fleurs de cette manière... Et voyez comme ma pauvre tête est faible! J'ai tout de suite pensé à Mlle Paule, qui est si loin... C'est comme cela qu'elle faisait des bouquets pour Madame... Cette idée-là s'est si bien mise dans mon cerveau, que j'ai demandé au gardien du cimetière s'il savait qui était venu.... Et si c'était possible, monsieur, je croirais que c'est elle !... Une grande belle personne en deuil, avec des yeux bruns doux et aimables, et beaucoup de petites boucles de cheveux... Il y avait une petite fille avec elle... L'enfant du gardien les a accompagnées pour leur montrer la tombe. Elle s'est mise à genoux, a sangloté sans penser qu'on pouvait la voir ou l'entendre, et puis a défait le bouquet qu'elle avait acheté, pour l'arranger à sa manière....

Alain, la tête dans ses mains, essayait de dompter le sentiment d'amère souffrance que ces paroles ravivaient en lui.

— Cette personne doit en effet être Mlle du Plantier, répondit-il avec un calme forcé. Je sais qu'elle est à Rennes,..... ou du moins qu'elle y était ce matin... Elle a hérité d'une propriété située à quelques lieues d'ici ; sans doute, c'est là qu'elle se rend.

— Et je ne l'ai pas vue ! s'écria Mathurine

d'un ton de reproche. Vraiment, monsieur
Alain, je ne sais pas à quoi vous pensez, de
ne pas m'avoir prévenue! Je me serais mise
à sa recherche, et j'aurais embrassé ma petite
Anna. Mais une vieille femme comme moi
ne vaut pas la peine qu'on lui dise les nouvelles! ajouta-t-elle avec une irritation croissante. Je sais bien que je vous ennuie! A quoi
bon me faire plaisir?

— Allons, Mathurine, calmez-vous! dit-il
avec douceur. Vous savez bien que je suis
malheureux. J'ai eu tort de n'avoir pas pensé
à cela, j'en conviens; mais il ne faut pas en
vouloir à ceux qui souffrent.

— Et qui est-ce qui vous dit que je vous en
veux? répliqua-t-elle, soudain radoucie. Je
sais bien que vous souffrez! Çà n'est pas
possible, à votre âge, de rester seul dans une
maison si vide, avec une vieille figure comme
la mienne devant vos yeux. Mariez-vous! J'ai
toujours eu dans l'idée que Madame désirait
vous faire épouser Mlle Paule.... Je la vois
encore, la veille de....

Elle toussa et raffermit sa voix, puis continua :

Ce soir-là, si vous l'aviez vue embrasser Mᴵˡᵉ Paule! — Je vous ai fait veiller bien tard, Mathurine, me dit-elle; mais Paule et moi nous nous entendons si bien!... Je suis toujours heureuse de l'avoir près de moi...
— Et une jeune fille si raisonnable, monsieur! Ah! cela lui serait bien égal, je le parie, que son mari n'eût qu'une jambe, pourvu qu'il eût bonne tête et bon cœur! Croyez-moi, épousez-la, monsieur! Pour moi, je serais trop contente d'avoir ici ma petite Anna!

L'excellente femme ne se doutait pas du mal qu'elle faisait à son maître.

— Ne me parlez pas de mariage, Mathurine, dit-il avec sa douceur sérieuse. Je ne veux pas me marier... Et laissez-moi travailler, ma bonne fille, j'ai de la besogne pour toute ma nuit.... »

Et en effet, la nuit se passa pour lui dans un travail acharné; la prière et le travail, ce sont nos remèdes suprêmes.

. . . .

Il était environ cinq heures du soir lorsque Paule monta avec Anna dans la victoria qui, par les soins de Mᵉ Sageot, l'attendait à la gare de Montfort. Un jeune cocher vêtu d'une livrée de couleur sombre prit respectueusement ses ordres, et l'informa qu'il avait été engagé la veille, sauf son bon plaisir, par Juliotte, la femme de charge de la Garenne, la seule des domestiques, à l'exception du jardinier, qui fût restée au château après la mort de M. Bergeret, en sa qualité de gardienne des scellés.

La voiture était confortable, une paire de trotteurs alezan brûlé l'enlevèrent rapidement, et bientôt, à la grande joie d'Anna, on se trouva en pleine campagne.

Et quelle campagne!... Un pays fertile, des masses boisées couvrant les collines et contrastant, par leurs ombres épaisses, avec les prairies veloutées et les champs dépouillés où, parmi le chaume, croissait déjà une herbe drue... Les méandres capricieux de la route contournaient les flancs de ces vertes collines; la voiture franchit un petit pont rustique et suivit pendant quelques instants le cours d'une rivière en miniature; enfin, elle atteignit la base d'une côte si raide que, en dépit de leur sang ardent, les trotteurs durent ralentir considérablement leur allure.

— Veux-tu marcher un peu? demanda Paule à Anna.

Celle-ci ne demandait pas mieux, et, étant descendue, elle prit de préférence le bord de la route, cueillant çà et là une fleur sauvage. Mais elle restait silencieuse; on eût dit que la joie l'oppressait, ou que la paisible beauté de cette soirée d'automne agissait mystérieusement sur son âme enfantine.

Tout à coup, elle se rapprocha de sa tante, qui cheminait lentement, s'étant laissé dépasser par la voiture.

— Regarde donc là, à l'entrée du petit chemin, tante Paule!

Paule tourna la tête, et vit un spectacle assez singulier, en effet, pour exciter son attention.

Un jeune homme simplement mis, coiffé d'un simple chapeau de paille, se tenait sur le bord de la route, causant avec une jeune fille, presque une enfant, du moins si l'on en jugeait par sa taille et sa toilette. Elle était petite et mince; sa tête était nue, ses nattes blondes étaient relevées sans art et attachées par deux nœuds de velours noir. Une robe grise unie, en étoffe très simple, sans volants ni garnitures d'aucune sorte, descendait juste assez bas pour laisser voir deux chevilles étroites et fines. Elle était jolie, fraîche, extrêmement gracieuse dans ce costume peu avantageux. D'une main elle tenait une large fougère épanouie en éventail, de l'autre une longue corde qui, à l'extrémité opposée se rattachait aux cornes d'une belle vache noire et blanche, paissant tranquillement l'herbe du chemin.

Elle recula un peu timidement en voyant passer les voyageuses. Le jeune homme, lui, ne les aperçut pas; il causait avec vivacité, et l'oreille de Paule saisit involontairement ces paroles :

— La semaine me semble toujours trop longue, Noëlla. Hélas! combien de mois, d'années peut-être, se passeront avant que je puisse vous appeler ma femme et vous emmener à Montfort!..

Paule n'entendit pas la réponse de la jeune fille; mais elle garda un souvenir agréable de ce petit tableau semi-rustique, et se

promit de revoir cette jolie enfant effarou-
chée, dont la grâce avait je ne sais quelle saveur sauvage.

En ce moment elle arrivait au haut de la
côte, où la voiture l'attendait, et elle vit,
éparses devant elle, les maisons de Talansac,
bâties un peu à tort et à travers au coin des
sentiers parfumés et autour de l'église, qui
dressait son modeste clocher au-dessus des
croix du cimetière. Partout où les maisons
s'écartaient, on avait des échappées de vue
splendides. Talansac occupe le centre d'un
plateau qui domine magnifiquement cette
contrée fertile et pittoresque. A cinq ou six
lieues à la ronde s'étend un horizon de fo-
rêts, de champs, de clochers, de villas, de
châteaux. Par les temps clairs, les gens du
pays vous font distinguer, non sans orgueil,
la silhouette de Notre-Dame de Rennes, se
dressant sur une des églises de la ville, et
du côté opposé, vous devez, si vous avez
de bons yeux, apercevoir une ligne vapo-
reuse qui se détache plus ou moins de l'horizon : cette ligne, que l'on peut à la
vérité confondre avec les nuages, c'est tout

simplement la grève de Dinan, avec la mer au delà.

A cette heure, une brume légère enveloppait dans ses voiles bleuâtres les parties les plus éloignées de l'horizon; on respirait un air vif et pur; le ciel, qui se teignait d'orangé, était calme et sans nuages, et, l'*Angélus* tintant, les bonnes femmes assises au seuil de leur porte avec leur rouet, se signaient pieusement et murmuraient leur prière.

Paule pria le cocher d'attendre quelques instants, et emmena Anna dans l'église. Quelques bancs, destinés aux principales familles du pays et aux religieuses, étaient placés au milieu de la nef. La jeune fille se dirigea vers l'autel, s'agenouilla sur les marches, et fit une fervente prière, remettant son avenir aux mains de Dieu, et lui demandant de bénir sa nouvelle vie; puis elle promena autour d'elle un regard d'intérêt.

L'église était modeste, une rigoureuse propreté y tenait lieu de richesse, et il ne s'y trouvait ni sculptures curieuses, ni vieux autels, ni belles statues.

Les yeux de Paule s'arrêtèrent sur un tableau assez grand, œuvre d'une jeune fille de la paroisse, — un ange de piété, de vertu, et en même temps une merveille de grâce et d'esprit qui a laissé à tous ceux qui l'ont entrevue un souvenir ineffaçable. Elle a été enlevée dans l'éclat de la jeunesse : Dieu cueille parfois nos fleurs les plus suaves comme si elles lui semblaient trop délicates pour ce monde, et dignes de s'épanouir dans ses célestes jardins... Elle fut une des plus pures et des plus idéales visions de ma jeunesse, et j'éprouve une certaine douceur à jeter sur cette page le reflet ému de l'image que j'en conserve..... Le tableau qu'elle suspendit dans l'église de Talansac n'était point un chef-d'œuvre ; mais la composition et l'expression émurent vivement Paule, disposée, en ce moment, à goûter les impressions austères et élevées de la piété : il représentait sainte Thérèse, debout dans sa cellule nue et froide, mais toute rayonnante de joie intérieure et d'enthousiasme dans son ample manteau blanc, et indiquant du doigt sa devise sublime, inscrite sur la muraille : *Aut pati, aut mori.*

La jeune fille s'agenouilla de nouveau, et, d'un cœur plus résigné que jamais, elle offrit à Dieu, s'il l'exigeait, le sacrifice de ses rêves terrestres.

XIV.

Le château de la Garenne était situé à cinq minutes à peine du bourg, à l'extrémité d'une lande assez vaste, sur laquelle se dressait une croix de pierre.

Le nom de *château* était certes ambitieux si l'on considérait seulement l'apparence de la maison, longue et basse, ni ancienne ni moderne, dont aucune tourelle, aucun pavillon n'égayait le style uniforme. Mais la cour, bien entretenue, était si vaste, les jardins étaient si étendus, les bois si ombreux, traversés de belles avenues et de sentiers pittoresques, que l'on prenait vite une haute idée de l'importance de la propriété.

Paule, qui avait craint de trouver une seconde édition de la maison de Rennes, fut
agréablement surprise lorsque Juliotte la promena triomphalement à travers des chambres
nombreuses, meublées sans luxe, mais avec
un confort intelligent. Elle s'arrêta surtout dans la bibliothèque, où, en outre d'une
collection de médailles fort curieuse, il y
avait un choix de livres qui témoignaient en
faveur du goût et de l'érudition de celui qui
les avait rassemblés. La pièce voisine excita
aussi son enthousiasme : c'était une sorte de
galerie largement éclairée; sur le fond gre-
nat des murailles se détachaient une trentaine
de tableaux, richement, mais sobrement en-
cadrés. Plusieurs d'entre eux appartenaient à
l'école moderne : il y avait un Delacroix, un
Gérôme, deux Gudin, un Scheffer, deux Corot.
Un Berghem et un Miéris occupaient le pan-
neau du fond ; enfin, l'on y voyait quelques
excellentes copies de maîtres italiens, et de
bons tableaux anciens, d'origine contestée,
mais se rattachant aux meilleures écoles.

Le jour avait considérablement baissé; et

Paule, ravie, dut remettre au lendemain l'examen prolongé de ces richesses.

Elle fit choix pour elle-même d'une chambre que Juliotte lui dit avoir été celle de Mme Bergeret. Elle attenait d'un côté à un cabinet où l'on installa Anna, et de l'autre à une petite pièce, moitié salon, moitié bureau, qui plut tout particulièrement à la jeune fille, peut-être parce qu'elle gardait la trace sympathique de celle qui l'avait jadis habitée. Il s'y trouvait un petit secrétaire en bois de rose, style Louis XV, un guéridon, une bibliothèque vitrée, chargée surtout de livres religieux. La teinte des rideaux était douce, un peu fanée, un goût discret se révélait dans le choix des porcelaines et des quelques objets d'art qui ornaient les étagères; enfin, au-dessus d'un beau crayon représentant une tête d'enfant intelligente et mutine, Paule aperçut un autre portrait de Mme Bergeret. C'était, cette fois, une image pâlie; on devinait la femme vieillie par les chagrins plus que par les années; elle était en deuil, ses cheveux étaient grisonnants,

son visage amaigri, encore délicat, mais flétri, ses yeux plus profonds, plus douloureux,
entourés d'un cercle de bistre. Il y avait
quelque chose de si doux, de si touchant dans
les lignes faibles et hésitantes de cette bouche
souffrante, quelque chose de si sympathique
dans toute cette figure, que Paule sentit
qu'elle avait dû être bonne, et regretta vivement que Juliotte ne pût lui donner aucun
détail sur cette parente inconnue.

— Je ne suis entrée à la Garenne que deux
ans après sa mort, mademoiselle, dit la femme
de charge. J'ai souvent entendu dire aux
gens du bourg qu'elle était douce, triste et
charitable.

Paule se promit de faire venir de Rennes
l'autre portrait de Mme Bergeret pour le placer
dans ce boudoir, qu'elle comptait adopter
pour elle-même.

. . . .

Le dimanche est venu. Paule prend Anna
par la main et s'achemine avec elle vers
l'église, dont les cloches sonnent joyeusement et appellent les fidèles à la grand'messe.
Elles entrent dans le banc affecté aux pro-

10

priétaires de la Garenne. La tapisserie tombe
en lambeaux ; sans doute, il y a longtemps que
personne ne s'y est assis... Les domestiques
se rangent devant leurs jeunes maîtresses....
Bientôt, malgré leur désir d'éviter les distractions, celles-ci ne peuvent s'empêcher de
remarquer, l'une avec curiosité, l'autre avec
un vif sentiment du pittoresque, l'aspect
que présente la foule réunie dans l'église.
Deux des bancs seulement sont occupés.
Les paysans sont agenouillés sur des chaises ou sur les dalles ; rien de plus charmant
que les jeunes filles, presque toutes gra-
cieuses et jolies, avec leur châle ou plutôt
leur fichu très court, leur tablier à bavette basse, leur petite coiffe de dentelle
laissant voir par devant leurs bandeaux, et
déborder par derrière de lourds chignons
bien lissés.

L'office commence. Après l'évangile,
Paule, à sa grande surprise, voit s'avancer
de son côté un sacristain, tenant à la main
une lourde quenouille enrubannée et chargée de lin.

Une dame âgée, placée dans le banc voi-

sin du sien, sourit de son étonnement, et se
penche vers elle :

— Cette quenouille, dit-elle à voix basse,
va vous être offerte en signe de bienvenue, et il est d'usage de donner en retour une
légère offrande. On la présente aux nouvelles mariées, quelquefois aux jeunes filles,
surtout aux étrangères.

Paule s'inclina en signe de remercîment;
mais, à sa grande surprise, la quenouille
passa devant elle, et s'arrêta devant une
jeune fille agenouillée sur une chaise, non
loin d'elle. Paule reconnut aussitôt la jolie
enfant du chemin. Sa toilette des dimanches
était d'une simplicité que sa grâce seule em-
pêchait de trouver exagérée. Elle était accompagnée d'une autre jeune fille, de quelques années plus âgée, qui portait un costume noir très austère.

Elle prit en rougissant la lourde quenouille,
et la posa, pour le reste de la messe, à côté
de sa chaise, tandis que sa compagne, qui
devait être sa sœur, à en juger par une certaine ressemblance de traits, sinon de taille

et d'expression, mettait quelque menue
monnaie dans la main du sacristain.

L'office terminé, Paule sortit par le cimetière, et chercha la tombe des parents dont
elle occupait aujourd'hui la place dans la paroisse. Leur nom était répété trois fois sur
la grande dalle de marbre blanc : l'enfant
était descendu le premier dans ce caveau de
famille, emportant les joies et la santé de sa
mère; puis ç'avait été le tour de la femme,
morte avant sa trente-huitième année ; enfin,
une date récente accompagnait le nom de
M. Bergeret.

Juliotte aussi s'était dirigée vers ce lieu;
quand elle vit que Paule avait terminé sa
prière, elle se releva à son tour et suivit la
jeune fille.

Une certaine irritation se lisait sur ses
traits, fort paisibles d'ordinaire.

— Mathurin le sacristain ne l'emportera
pas en-paradis! dit-elle d'un ton fâché. Je
lui dirai son fait, moi! Ne pas offrir la quenouille à Mademoiselle, qui est nouvelle
dans le pays! Affecter, le premier dimanche

de son arrivée, de la donner à Mlle Noëlla !

Paule sourit.

— Je ne suis pas du tout choquée, Juliotte. On ne me connaît pas encore ; il faut que je me fasse accepter et que je paie mon droit de bienvenue... Mais dites-moi donc quelles sont ces jeunes filles, dont l'une a reçu en partage ce que vous considérez comme une distinction flatteuse...

— Ce sont les demoiselles de Saint-Yves, répondit Juliotte après un moment d'hésitation.

— Y a-t-il ici beaucoup de personnes à voir ?

— Pas en ce moment ; il n'y a guère que deux ou trois familles... Mais surtout que Mademoiselle n'aille pas chez les dames de Saint-Yves ! Monsieur était brouillé avec elles.

— Ceci ne serait pas une raison, Juliotte : je ne voudrais pas faire d'exclusion, et si ma visite pouvait leur être agréable...

— Justement, ce serait tout le contraire, mademoiselle. Mme de Saint-Yves est, dit-on, un peu folle, et vous recevrait sans doute très mal.

10.

Paule ne considérait pas le jugement de Juliotte comme sans appel. Aussi, lorsqu'elle vit le curé, dans l'après-midi, elle lui demanda conseil au sujet des visites qu'elle devait faire. Le curé était nouveau dans la paroisse et connaissait peu ses ouailles. Il nomma cependant les quelques familles qui passaient l'hiver dans les environs.

— Vous ne me parlez pas des dames de Saint-Yves, fit observer la jeune fille avec une certaine surprise. Est-ce à cause de la situation de feu mon cousin vis-à-vis d'elles? Ne serait-il pas au contraire de mon devoir de leur faire des avances?

Le curé était très peu au courant des circonstances auxquelles elle faisait allusion. Son vicaire était lui-même récemment arrivé dans le pays.

— Tout ce que je puis vous dire, ajouta-t-il, c'est que je n'ai été reçu qu'une seule fois chez Mme de Saint-Yves, à qui, d'ailleurs, ma visite a paru désagréable. Je crois qu'elle a l'esprit malade, et elle a déclaré en ma présence, sans s'expliquer autrement à ce sujet, qu'elle ne verrait jamais les habitants de la Garenne. Sa fille m'a dit brièvement qu'elle a eu jadis quelques démêlés avec votre parent, mais j'ignore de quelle nature ils ont pu être, et il n'est ni dans mes goûts ni dans mes principes de chercher à entendre les commérages de nos paysans. En tout cas, elle ne voit personne, et je crois que ses enfants redoutent pour elle toute excitation, tout contact étranger.

Deux jours après, Paule fit ses visites.

Elle vit une famille nombreuse qui la reçut bien, mais ne lui sembla pas de grande ressource, les jeunes filles elles-mêmes s'occupant d'agriculture avec une passion tout à fait étrangère à ses propres habitudes, — un vieux ménage qui sortait fort peu d'un joli petit château, et enfin, elle fit la connaissance de Mlle de Lonjac, une personne de quatre-vingt-sept ans, qui produisit sur elle la meilleure impression, et qu'elle se promit de revoir souvent.

C'était une petite femme replète, droite et vigoureuse, dont les minces bandeaux blancs encadraient un visage fortement coloré, animé par des yeux vifs et intelligents. Ses manières étaient pleines d'urbanité; elle causait bien, et intéressa vivement Paule en lui racontant avec un charme extrême des histoires d'autrefois. Elle était née pendant une époque sinistre et sanglante, et avait été élevée au milieu des terreurs sans cesse renouvelées qui étaient alors le partage des gens honnêtes, pieux et paisibles, surtout quand tout un passé de noblesse pouvait être mis à leur charge. Plusieurs membres de sa famille avaient péri dans la tourmente révolutionnaire, d'autres avaient dû la vie à la courageuse initiative de son père. En parlant de tout cela, elle retrouvait une animation communicative, et la forme même de son langage plaisait extrêmement à ceux qui l'écoutaient. Il était réellement original de l'entendre faire allusion aux *assemblées* qui avaient lieu chez sa mère, tant d'années auparavant, et elle décrivait les antiques habitudes, les vieux usages de son enfance d'une manière fort amusante.

Elle habitait la campagne depuis de longues années; cependant, cette solitude ne l'avait pas désintéressée du mouvement humain, mais l'avait placée, pour le suivre et le juger, dans des conditions plus hautes d'impartialité. Le grand intérêt de sa vie avait été la carrière aventureuse et honorable de son frère, qui, entré dans la marine dès son enfance, avait atteint un grade élevé; et laissé derrière lui de glorieux souvenirs de combats, de naufrages et de voyages périlleux. Enfin, seule avec une servante et une petite paysanne dans sa modeste gentilhommière, elle s'était créé, pendant ses loisirs prolongés, des occupations utiles, artistiques et intelligentes, et avait fait tant de bien autour d'elle, que, dans le bourg, où on la vénérait, elle n'était connue que sous le titre de *Mademoiselle*, comme si ce mot n'eût pu désigner une autre personne, et eût impliqué une espèce de suzeraineté.

La pièce immense où elle dormait, travaillait, modelait, lisait et prenait ses repas, était délabrée et meublée pauvrement. Mais il y avait en cette petite femme quelque chose de la grande dame, et en la voyant, on eût été disposé à admettre pleinement l'influence que des siècles de noblesse hono-

rable et honorée peuvent exercer sur les
manières et les habitudes des générations
éloignées.

Paule était plus que personne en état d'apprécier le caractère à la fois élevé et original
de cette femme et de cette vie. Cependant,
Mlle de Lonjac et les deux autres familles
qu'elle avait vues ne formaient pas une
société capable de lui prendre beaucoup de
temps, et, résolue à passer l'hiver à la Garenne, elle se hâta de se faire une vie active,
utile et agréable à la fois. D'abord, l'éducation de sa nièce devait l'occuper, en lui ins-
pirant un ardent intérêt, car elle ne comprenait pas seulement par ce grand mot d'*é-
ducation* les deux heures consacrées au travail, mais encore la surveillance, parfois in-
visible et cependant incessante, des tendances,
des idées, des goûts et des plaisirs de l'enfant.
Puis, elle comptait se vouer aux œuvres de
charité, visiter les pauvres et les malades.
Elle avait cru s'apercevoir que les habitants
du bourg lui montraient tout d'abord une
sorte d'hostilité; mais au bout de peu de
jours, ce sentiment s'effaça devant sa géné-

rosité. Il fut promptement reconnu que la simplicité de ses habitudes et ses instincts de bienfaisance lui permettraient d'accueillir toutes les requêtes, et elle-même sentait que dans cette charité active, infatigable, se trouvent les plus pures jouissances de la fortune.

Enfin, le reste de son temps se partageait entre la prière, le travail, la lecture. Elle puisait dans cette vie solitaire une force mystérieuse, et y trouvait un grand repos de cœur et d'esprit. Son horizon ne lui semblait pas sombre, mais seulement un peu terne. Cependant, elle cherchait à étouffer les élans involontaires qui l'entraînaient parfois vers un avenir plus joyeux, et elle concentrait toutes ses pensées sur Anna, à qui elle suppliait Dieu d'épargner les déceptions qui avaient été son propre partage.

Un jour de la semaine qui suivit son arrivée, elle rencontra Noëlla de Saint-Yves auprès d'une paralytique qu'on avait désignée à sa bienveillance. La jeune fille rougit en l'apercevant, et se leva pour partir.

— Quoi! dit Paule doucement, et avec le

secret espoir de nouer quelques relations plus en rapport avec son âge, est-il possible que je vous fasse peur?

— Peur! oh! non, je sais que vous êtes bonne, mes pauvres me l'ont déjà dit, et tout à l'heure encore Madeleine me parlait de vous.

— Mais, reprit Paule, si je vous inspire seulement la moitié de la sympathie que je ressens pour vous, pourquoi ne nous verrions-nous pas quelquefois?

— C'est impossible, répondit précipitamment Noëlla, rougissant encore davantage. Moi je le voudrais bien, mais ma mère est malade... elle ne reçoit personne.

— Eh bien, me permettrez-vous au moins de causer quelques instants avec vous quand nous nous rencontrerons dans la campagne?

Noëlla prit vivement la main qui lui était tendue.

— Vous êtes très bonne... Je serai toujours heureuse de vous revoir...

Mais Paule eut beau diriger sa promenade vers les chemins écartés où Noëlla menait paître sa vache, elle ne l'aperçut jamais ailleurs qu'à la grand'messe, chaque dimanche.

XV.

La Toussaint est venue.

Un temps exceptionnellement doux et calme a retenu aux arbres les feuilles jaunissantes; les bois offrent encore au regard des teintes pourpres et orangées; l'air, tiède et pur, invite à la promenade, et Paule qui, avant l'hiver, cherche à prendre connaissance du cadre qui l'entoure, offre à Anna de faire une petite excursion après les vêpres.

Elles s'en vont à l'aventure, l'une plongée dans une douce rêverie, l'autre courant joyeusement, et se livrant à des enthousiasmes sans cesse renouvelés.

La campagne conserve pour la petite Parisienne tous ses enchantements; elle s'extasie devant un brin d'herbe, un insecte, goûte les baies rouges des haies et les proclame un régal délicieux, suit d'un œil ravi

11

le vol capricieux d'un oiseau. Enfin, elle montre un sens si exquis, si profond des beautés de la nature, que Paule ne redoute aucunement pour elle les longs loisirs de l'hiver, persuadée que la campagne froide et glacée lui gardera encore en réserve quelque jouissance nouvelle.

Anna bondit sur une pente rapide, revenant sans cesse vers sa tante, et babillant gaiement. Tout à coup elle s'arrête, ravie, fait signe à Paule de se hâter, et lui désigne l'objet de son admiration. Au bas de la côte abrupte coule une rivière en miniature, presque cachée sous les saules, et dont les méandres rapides enserrent un îlot, délicieux fouillis d'arbustes, de ronces traînantes, d'herbe épaisse et de pierres moussues.

— Tante Paule, vois, il y a un petit pont! Me permets-tu d'aller dans l'île?

Paule l'arrête, elle a cru apercevoir quelqu'un derrière les arbustes.

Elle s'assied sur la rive, près du tronc noueux d'un chêne, et ouvre son livre, tandis que la petite fille tire d'une corbeille son goûter appétissant.

Par moments un bruit de voix arrive jusqu'à elle, sans qu'elle en distingue le sens; mais soudain, les causeurs s'animent, et elle entend une voix de femme, grave et douce :

— Hélas! ces projets d'union sont impossibles en ce moment. Puisse l'avenir être plus heureux!... D'ici à un an, la clientèle d'Edmond lui permettra peut-être de se marier; en attendant, il faut de la patience... Pauvre petite Noëlla!

— A son âge, heureusement, l'espérance soutient mieux qu'au nôtre, dit une voix masculine, qui se rapprochait du petit pont. Mais vous ne pensez qu'à elle, Blanche; et votre avenir, vos rêves, à vous, ne les réaliserez-vous jamais?

— Oh! ne parlons pas de cela!... Prenez garde, cher Alain, ce pont est dangereux, et je me reproche presque de vous avoir fait entreprendre cette promenade.

Paule n'entendit pas la fin de la phrase. Elle avait pâli aux accents inattendus qu'elle reconnaissait bien. Elle se recula involontairement à l'abri du chêne, désirant ardemment n'être pas vue; la présence d'Alain

de Vouvres aurait pu troubler le calme
qu'elle avait, non sans peine, ramené dans
son cœur.

Mais Anna, qui se promenait, légère
comme un oiseau, sur le bord de la rivière,
poussa un cri de surprise.

— Tante Paule, c'est le monsieur qui a
été blessé par les méchants soldats! Regarde,
il vient de ton côté!

Et le regard d'Alain tomba aussitôt sur
le visage pâle de la jeune fille.

Près de lui marchait une femme vêtue de
noir, élégante et distinguée malgré l'austérité presque monacale de sa toilette. De
longs bandeaux châtain foncé encadraient
un visage d'un ovale très pur, plutôt beau
que joli, car la mélancolie qu'il respirait
avait quelque chose de sévère, peu enhar-
monie avec son âge.

Le cœur de Paule se serra.... Oui, Mme de
Vouvres s'était trompée : Alain ne l'avait pas
aimée, ou bien son amour n'avait été qu'un
caprice passager, et ses affections appartenaient maintenant à cette jeune fille, belle
et austère comme lui, qu'elle avait souvent

admirée à l'église, près de Noëlla de Saint-Yves, pour la ferveur presque angélique de sa prière et l'immobilité de son maintien.

Alain s'arrêta, semblant hésiter, et Paule espéra un instant qu'il passerait sans lui adresser la parole; mais déjà Anna s'était élancée vers lui, et lui tendait naïvement son front.

M. de Vouvres, après l'avoir embrassée, fit un pas vers Paule; Mlle de Saint-Yves resta à l'écart, et il ne parut pas même songer à présenter l'une à l'autre les deux jeunes filles qu'un hasard rapprochait ainsi.

— Je tiens à profiter de cette rencontre inespérée, mademoiselle, dit-il d'un ton ému, pour vous dire quelle reconnaissance éternelle je vous garderai..... Vous avez rendu à ma pauvre mère les derniers devoirs... J'étais, à ce moment, trop absorbé par ma douleur pour penser même à vous adresser un remercîment...

— Vous ne m'en deviez pas, répondit la jeune fille, parlant lentement pour essayer de dominer son trouble. Elle m'a fait tant de bien !... Je la pleurerai toute ma vie.

Il attacha sur elle un regard désolé, et elle crut qu'il allait lui parler encore; mais semblant tout à coup prendre une résolution, il la salua profondément.

— Adieu, mademoiselle, dit-il d'un accent qui avait quelque chose de solennel. Croyez que tout mon dévouement vous est acquis, et faites prier votre petit ange pour moi... Je suis bien malheureux...

Il détourna la tête, et embrassa Anna, qui était restée toute surprise.

Mlle de Saint-Yves fit à Paule un salut grave, sans empressement ni froideur, et s'éloigna lentement aux côtés d'Alain de Vouvres.

La jeune fille demeura immobile, éprouvant de nouveau cette impression de tristesse qui semble envelopper d'un voile de deuil la nature entière. Tout à l'heure, elle admirait le calme de cette journée d'automne; le clapotement de la rivière contre les grosses pierres qui se dressaient au fond de son lit lui semblait plein d'harmonie, elle respirait avec délices l'air encore tiède et pur. Maintenant, elle remarquait que les feuilles se détachaient une à une, tombant dans l'eau transparente qui les entraînait aussitôt; le ciel, d'un gris pâle, lui parut mélancolique; dans tout ce qui l'entourait, elle sentait plus profondément l'approche de l'hiver, et elle frissonna en entendant les cloches argentines de Talansac sonner le glas des trépassés.

Elle se tourna vers Anna.

— Chère petite, il faut rentrer maintenant.

L'enfant prit docilement le panier et se mit à marcher devant sa tante, tandis que celle-ci se laissait de plus en plus envahir par une amère tristesse.

— Comme il avait l'air de regretter cette rencontre!... pensait-elle. Quelles paroles brèves et courtes! Quel départ soudain!... Si elle était sa fiancée, cette belle fille calme et grave!... N'a-t-il pas parlé de rêves, d'avenir?... Oui, elle sera bien la compagne qui lui convient. Comment ai-je pu penser que je lui avais inspiré un sentiment profond et durable? Je n'ai jamais cherché à lui plaire, il ne sait que peu de chose de mon cœur, presque rien de mon esprit... Je n'y penserai plus...

Elle secoua la tête, et essaya de fixer ses

idées sur ce qui l'entourait; mais les grosses
larmes qui obscurcissaient ses yeux l'empê-
chaient de distinguer les objets environnants.

Tout à coup, elle aperçut à son doigt la
bague de Mme de Vouvres, et elle l'ôta résolument.

— Le livre ne me rappelle que Dieu et
elle, se dit-elle, faisant glisser le bijou dans
sa poche; mais ceci me le rappelle aussi, lui,
et je n'y dois plus songer, — non, jamais!...

— Tante Paule, vois-tu cette belle vache
rousse? C'est celle de Mlle de Lonjac, que
la petite Marie-Ange reconduit à son étable...
On va la traire; si tu voulais entrer chez
Mademoiselle, on me donnerait une tasse de
lait chaud. Le lait de Roussette est encore
meilleur que celui de nos vaches, et elle
est si douce que je puis la traire moi-même.
Entrons, veux-tu?

— Non, Anna, pas aujourd'hui; j'ai hâte
d'être à la maison.

— Oh! tante Paule!... Il n'est pas plus de
quatre heures et demie, vois, il fait si beau!
Je t'en supplie!

Paule prit passivement le petit chemin

que lui désignait Anna. Pourquoi eût-elle sacrifié à une tristesse égoïste le plaisir de cette enfant?

La route qui conduisait du bourg chez *Mademoiselle* était encaissée entre deux hauts talus; mais ceux qui étaient appelés à la fréquenter la trouvaient plus pittoresque qu'agréable, remplie d'ornières profondes, véritable marécage en hiver, dure et pénible l'été. Aussi les habitués de la petite maison prenaient-ils de préférence un joli sentier tracé sur la lisière des champs qui surplombaient le chemin. Quelques semaines auparavant, Anna eût disparu à demi parmi les tiges écarlates du sarrazin à fleurs blanches. Aujourd'hui, le sarrazin était coupé, et aussi le lin à la couleur d'azur qui ondulait sous la brise comme une mer calme et unie; la terre, labourée pour les prochaines semailles, se montrait brune et nue. Mais la haie qui s'élevait à droite était encore touffue, et l'on y voyait çà et là de petites baies rouges que venaient picorer les oiseaux.

Arrivées devant le modeste manoir, elles descendirent du sentier élevé, traversèrent

la route, et ouvrirent la grande porte de
bois vermoulu qui n'était jamais fermée
qu'au loquet, et que chaque pauvre de la paroisse avait poussée cent fois.

Deux marronniers à demi dépouillés se
dressaient de chaque côté de l'entrée comme
des sentinelles majestueuses, et, à gauche,
un saule pleureur agitait sa longue chevelure éclaircie au-dessus d'un vivier qu'une
haie séparait du chemin, et dans lequel, à
l'abri d'une belle mousse verdâtre, coassaient,
sans être jamais inquiétées, de paisibles gre-
nouilles.

Roussette paissait l'herbe courte de la
grande cour, à travers laquelle les piétons
avaient tracé un étroit sentier, de la grille
à la maison.

Anna bondit vers la belle vache, la caressa
doucement, puis suivit sa tante dans la vaste
pièce où s'écoulait, pieuse, utile, remplie, la
vie tranquille de Mlle de Lonjac.

Celle-ci lisait, assise près de sa fenêtre.
Elle accueillit ses visiteuses avec son urbanité ordinaire, et autorisa Anna à rejoindre
dans la cour Marie-Ange et Roussette.

Bien qu'elle ne dût souper qu'à une heure plus avancée, son modeste couvert était mis sur la table; les assiettes de faïence grossière contrastaient avec les vieux couverts d'argent aux armoiries effacées, comme la toilette de la maîtresse du logis avec les portraits enfumés, vêtus de brocart, qui étaient suspendus au-dessus de sa tête.

Mlle de Lonjac, généreuse jusqu'à l'insouciance, avait depuis longtemps dépensé en aumônes son petit patrimoine; c'était maintenant son nécessaire qu'elle partageait avec les indigents, et les seuls objets de quelque valeur qu'elle n'eût pas vendus pour en distribuer le prix étaient ses vieux couverts, ses chers portraits, et la croix de Saint-Louis de son frère, — doublement une relique, — qu'elle portait attachée au cordon de soie de sa montre d'argent.

Elle fit signe à Paule de s'asseoir près d'elle, et lui dit doucement :

— Vous êtes bien pâle; êtes-vous souffrante, ou bien avez-vous quelque chagrin?

— Je pourrais vous adresser la même question, chère Mademoiselle, répondit la

jeune fille; vous si joyeuse d'ordinaire, on
dirait que vous avez pleuré.

Mlle de Lonjac resta un instant silencieuse, attachant sur Paule un regard pénétrant.

— Moi, dit-elle enfin, je songeais au passé.
Quand on a mon âge, presque chaque journée
se trouve marquée par une date funèbre.
J'ai tant vu mourir!... Ce livre que je tenais
me rappelait qu'aujourd'hui même tombe
l'anniversaire d'un ami...

— D'un ami?...

— Bien cher, mon enfant...

Et tout à coup, la teinte plus foncée qui
colora le visage de la vieille demoiselle
prêta à ses traits un reflet si jeune et si chaud,
que Paule, saisie d'une sympathie et d'une
émotion irrésistibles, se pencha vers elle,
et murmura presque involontairement :

— Oh! chère Mademoiselle, est-ce donc
quelqu'un que vous avez *aimé*?

Mlle de Lonjac prit les mains de la jeune
fille dans les siennes, la regarda de nouveau
avec attention, puis répondit d'une voix
grave, agitée par un tremblement léger :

— Ce soir, si mes yeux ne me trompent
pas, la jeune fille et la vieille femme ont un
chagrin de même nature, et un sentiment
identique rapproche, des deux extrémités
de la vie, votre cœur encore neuf, qui dans
ses souffrances ne renonce jamais à l'espoir, et mon cœur flétri, à moi, qui cessera
bientôt de battre, et qui, depuis longtemps,
ne s'est tourné que vers le ciel... Il y a tant,
tant d'années de *cela*, mon enfant, que j'aurais dû l'oublier... Oui, j'ai aimé quand j'a-
vais à peu près votre âge, — aimé dans le
sens exclusif que vous donnez à ce mot,
avec toutes les joies, tous les espoirs radieux
qui l'accompagnent... C'était un cœur dévoué, loyal, un gentilhomme de nom et
d'âme... Nous étions presque fiancés... Un
jour, il vint chez nous... Comment vous dirai-je cela sans vous faire sourire, vous,
jeune fille, qui êtes peut-être un peu frivole
comme votre siècle?... Il vint chez nous...
en sabots !!... Que voulez-vous? Nous étions
à la campagne, et les chemins étaient bien
mauvais! Mais ma mère ne le lui pardonna
pas. Elle avait habité la ville, elle, et ses ma-

nières étaient raffinées; elle s'écria qu'un fiancé qui manque ainsi de respect à la famille qui l'accueille ne serait qu'un mari négligent, dont l'ignorance des usages humilierait sa famille, et elle l'accabla de reproches qui, hélas! aboutirent à une rupture. A quoi tient le bonheur d'ici-bas! Ma mère était bonne, grande, courageuse et dévouée; mais on ne raisonnait pas ses ordres, ni même ses antipathies, et je ne pus plus songer à lui (1).

Le regard de Paule était tendre, ému. Mlle de Lonjac continua :

— Deux ans après, il se maria; c'était tout naturel. Moi, je me fis un devoir de l'oublier; mais mon cœur ne parla jamais pour un autre , et je ne fus plus tentée de rechercher des joies qui, après tout, sont si fragiles. Il y a vingt ans, j'eus une grande consolation : je le revis...

(1) Mlle de Lonjac a existé; j'ai puisé dans de tendres souvenirs de parenté tous les détails qui précèdent; ceux qui l'ont connue la reconnaîtront à ce portrait, malgré le voile léger d'un autre nom. Talansac n'a pu oublier la chère *Mademoiselle* qui repose aujourd'hui à l'ombre de l'église.

Elle s'arrêta encore un instant, comme pour évoquer une image lointaine, puis reprit :

— Il était veuf depuis de longues années, mais il avait voué sa vie à ses enfants, c'est pourquoi il n'avait point songé à renouer les liens d'autrefois... Maintenant, nos vies étaient finies... Je lui donnai les Évangiles, qu'il me promit de lire. Je ne l'ai plus revu... Il est mort; mais il est revenu à Dieu, — j'ai eu cette joie ineffable, — et il m'a fait remettre après lui ce livre dont je lui avais fait présent, et où je puise chaque jour un désir plus ardent de voir Dieu, ce seul amour qui ne trompe point.

Paule, la tête cachée sur l'épaule de la vieille fille, sanglotait.

— Vous aviez deviné, dit-elle à travers ses larmes; j'ai caressé un projet d'avenir qui s'est écroulé; je me suis trompée en me croyant aimée...

— Prenez courage, la vie est courte. Voyez, j'ai accompli hier ma quatre-vingt-cinquième année, et il me semble que cette longue existence a passé comme un songe.

— Mais cependant, combien le temps paraît pesant quand on souffre!

— On agit, ma chère fille, on se dévoue à Dieu et au prochain. L'abnégation ne comporte pas seulement l'oubli pour autrui de nos joies et de nos aises, mais encore l'oubli pour Dieu des peines et des pensées qui retarderaient notre route vers lui. Je souhaite que vous trouviez le bonheur dans une heureuse union; cependant, croyez-moi, il arrive un temps où l'on ne voudrait pas avoir moins souffert. Maintenant que je touche au moment suprême où je serai appelée à rendre compte de mes jours, je ne désirerais pas que ma vie eût été plus douce; je bénis Dieu pour mon lot, même pour chacune des larmes que j'ai versées, si, comme j'en ai l'humble confiance, elles ont pu expier quelques-unes de mes fautes et me rendre meilleure...

L'ombre toujours croissante envahissait le vieux salon. Paule se leva, l'âme singulièrement soulagée et calmée.

— Que Dieu vous donne la paix, mon enfant, dit Mlle de Lonjac d'une voix tendre comme celle d'une mère. Si vous avez besoin d'épancher vos chagrins de jeune fille, je suis bien aise que vous ayez vu que mon vieux cœur garde encore, pour vous comprendre, une étincelle de jeunesse sous les glaces de l'âge...

Et Paule, en effet, n'eut jamais d'autre confidente que *Mademoiselle*.

XVI.

Cette fois, c'est bien l'hiver, — un hiver d'autant plus rigoureux, peut-être, qu'il a été plus tardif. Une bise glacée souffle sans relâche sur le plateau élevé. L'horizon est privé de sa masse de feuillage, les clochers et les châteaux se dessinent dans une atmosphère claire et froide, les mille brindilles des haies dépouillées se détachent en noir sur le ciel d'hiver. La neige tombée à Noël a fondu, puis s'est séchée sous le vent âpre et piquant; la glace entoure d'une couche de cristal les branches des arbres, et Paule, suppliée par Anna, consent à faire une longue promenade.

L'enfant ne s'ennuie pas. Quand la neige
et la pluie la retiennent à la maison, elle
monte et descend vingt fois l'escalier, suit
Juliotte dans la lingerie, fait des essais culi-
naires sous sa direction, découpe des images
ou bien habille ses poupées. Et quand il
fait beau, elle a tant de choses à faire! Il
faut qu'elle voie les poulets, les chèvres et
les vaches, qu'elle nettoie son petit jardin,
qu'elle fasse des visites à ses amis du bourg.
Depuis son arrivée à Talansac, sa santé se
fortifie singulièrement, et sa petite figure
délicate a pris une fraîcheur plus vigoureuse
qui réjouit les yeux de sa tante.

Ce jour-là, sa joie a été complète. On fête
l'Épiphanie; au dîner de midi, Juliotte a ap-
porté un petit gâteau gonflé que Paule a
coupé en morceaux, caché sous une serviette, et qu'Anna a distribué aux domestiques. La part des pauvres est échue à la petite
Marie-Ange, qui mène paître la vache de Mademoiselle. Et la fève lui est restée dans sa
part, à elle! Tante Paule a dit : La reine
boit! quand elle a porté sa timbale à ses
lèvres, et lui a promis de satisfaire toutes ses

volontés pour célébrer sa royauté d'un jour.
Aussi Anna a-t-elle usé de ce pouvoir éphé-
mère. Elle a fureté dans les greniers, s'est
parée d'une robe de satin à ramages, toilette antique de quelque grand'tante, et l'a
quittée tout à coup pour revêtir avec des cris
de joie une petite jupe en lampas rose et un
corset de velours noir, brodé d'or terni. Tout
cela, enfoui dans de vieux meubles hors de
service, exhale un parfum encore irritant
de musc et de vétiver, qui en explique la
merveilleuse conservation.

Juliotte se prête avec enthousiasme à la
fantaisie de sa petite maîtresse. Elle ajuste
la jupe rose, qui n'est presque pas trop lon-
güe, cache les défauts du corsage sous une
écharpe de gaze argentée, et relève au
moyen d'un peigne doré les boucles de l'enfant dans lesquelles elle glisse une rose ar-
tificielle.

— Tante Paule! s'écrie Anna, en marchant
gravement dans la chambre, n'ai-je pas l'air
d'une petite marquise comme celles de la
salle à manger? Regarde! cette jolie robe
était à une petite fille seulement un peu

plus grande que moi. Je voudrais bien savoir où elle est, et pourquoi elle a laissé ici sa belle toilette.

— Si elle vivait encore, répondit Paule en souriant, elle serait plus vieille que Mlle de Lonjac... Allons, quitte ce costume maintenant, il est temps de faire notre promenade.

— Non, tante Paule; puisque je fais aujourd'hui *toutes mes volontés* (et elle ouvrit démesurément les yeux comme pour donner l'idée d'un nombre incommensurable de volontés), je *veux* sortir ainsi habillée.

— Soit, dit la jeune fille en riant; mais tu consentiras, j'espère, à mettre un manteau. Si ma petite reine était assez déraisonnable pour refuser une demande si juste, elle redeviendrait tout simplement Anna, forcée d'obéir à sa tante.

— Un manteau! ce serait trop laid! Mais attends!...

Elle s'élança au dehors, et revint presque aussitôt tenant à la main une pelisse en soie piquée, qui avait dû appartenir à la même enfant que la jupe de lampas et le corset de velours; la couleur puce était fanée, mais sans déchirures. Paule tâta l'épaisseur du vêtement, qui était chaudement ouaté; elle le plaça donc sur les épaules de sa nièce, entoura sa petite figure du capuchon coulissé, et déclara en souriant qu'elle pouvait sortir ainsi.

— Et toi, tante Paule? Oh! habille-toi aussi comme moi; le bahut de là-haut est plein de belles robes.

— Tu perds l'esprit, dit Paule en riant; nous ne sommes pas en carnaval, et je suis trop vieille pour faire de semblables folies.

— D'abord, tu n'es pas vieille du tout; mais si tu ne veux pas mettre une de ces robes, prends au moins un manteau que j'ai vu, et qui a un capuchon pareil au mien.

Et, montant de nouveau l'escalier, elle rapporta à sa tante une mante en satin noir, munie, en effet, d'un capuchon orné de dentelles.

La jeune fille consentit à l'essayer, et trouvant que, bien que fort antique, ce vêtement n'était nullement ridicule, elle se proposa de l'adopter pour ses courses à la campagne.

Elle n'était pas coquette, notre amie Paule; autrement, elle eût attaché sur le miroir un regard prolongé et satisfait, car elle n'avait jamais été plus jolie que sous ce capuchon de grand'mère. Les dentelles qui se coulissaient autour de son frais visage laissaient échapper quelques petites boucles de cheveux et faisaient ressortir la délicatesse de son teint. Il y avait dans le contraste de cette figure et de ce manteau quelque chose de pittoresque et d'original qui frappa d'admiration même l'œil peu exercé de Juliotte.

Elles sortirent donc ensemble, la tante et la nièce, par cette belle après-midi de janvier. Le soleil répandait infiniment moins de chaleur que d'éclat; mais sa belle lumière dorée illuminait joyeusement le paysage d'hiver, se glissant à travers les menues branches, les rameaux bruns et secs des haies et des arbres, et les faisant ressortir sur le ciel d'un bleu gris. Le sol, gelé la veille, devenait légèrement humide.

— Où désires-tu aller, Anna? demanda la jeune fille, serrant sa mante autour d'elle.

— Descendons par la route de Montfort, veux-tu? Et une fois au bas de la côte, je te montrerai un petit chemin charmant par lequel je suis revenue une fois avec Juliotte.

— J'y consens; nous profiterons du voisinage pour aller voir la vieille Fanchette, qui doit être reprise de ses rhumatismes, car je ne l'ai pas vue hier à la messe.

Elle rentra un instant dans la maison, et revint, portant dans un panier un peu de vin et de chocolat pour sa protégée.

On s'en alla lentement. Le temps se radoucissait d'instant en instant, et Anna prédit d'un air sagace, en levant son petit nez vers le ciel, qu'il pleuvrait sans tarder, car il y avait à l'ouest des nuages blancs, légers, comme des plumes, mais qui s'épaissiraient bientôt.

— Tu es bien savante, dit Paule en riant. Moi qui ai eu jadis tant de peine à te faire distinguer les points cardinaux!...

— Oui, sur une carte! Tu me répétais : L'ouest ou occident est le point où le soleil se couche. Mais ça ne me disait rien du tout, car à Paris, on ne voit jamais le soleil se lever ni se coucher, tandis qu'ici !... Il devient comme un gros globe rouge qu'on peut regarder sans avoir mal aux yeux, puis il descend peu à peu, et enfin, quand il a disparu, le ciel semble en feu, et l'on voit flotter de jolies couleurs roses et lilas... C'est de l'ouest aussi que souffle le vent qui nous amène la pluie... Tu vois bien qu'il est facile de devenir savante à la campagne !

Elle se rapprocha de sa tante, et tourna vers elle sa petite figure heureuse.

— J'aime mieux demeurer ici que dans n'importe quel lieu du monde. C'est si beau ! On respire si bien !... Tu ne me dis jamais plus : Pauvre Anna, tes joues sont pâles ! Elle est bien rose maintenant, ta petite Anna. J'aime tout ici ; — notre belle maison, si grande et si commode, les domestiques, si complaisants pour moi, les paysans, qui me disent bonjour quand je passe, notre banc à l'église, et notre voiture, qui est si douce... Et puis les alezans qui prennent du sucre dans ma main sans jamais me mordre, et les vaches que je regarde traire dans les grands bassins de cuivre!... Enfin, l'hiver ne durera pas toujours; en ce moment, la terre est noire et froide, mais bientôt il y aura des pousses vertes qui, si faibles qu'elles soient, sauront bien l'écarter pour montrer leurs petites têtes au soleil. Je verrai croître les fleurs, les fruits, j'apprendrai le nom de toutes les plantes!

Quand Anna se laissait aller à sa joyeuse expansion, Paule éprouvait un sentiment plein de douceur; elle comprenait alors qu'elle s'était identifiée avec les intérêts et les plaisirs de cette enfant, qu'elle lui avait assez dévoué sa vie pour que son bonheur lui tînt lieu de celui dont elle se croyait privée pour elle-même.

La vieille Fanchette demeurait dans une petite maison isolée, située un peu en deçà de la grand'route et sur la lisière d'un épais taillis. Sa fille la soignait, et la faisait vivre de son travail.

Comme l'avait prévu Paule, les rhumatismes clouaient la pauvre femme sur son lit.

— Marie-Rose est sortie? demanda la

jeune fille, ranimant le feu modeste qui brûlait dans l'âtre.

— Elle est en journée, not' demoiselle, et la *vesprée* semble longue quand on est seule et que le temps est si dur.

— Eh bien, Anna va vous lire un chapitre de l'Évangile, pendant que je vous ferai chauffer un peu de vin et de cannelle.

Fanchette remarqua alors pour la première fois le costume étrange de ses visiteuses.

— C'est-y joli ! s'écria-t-elle avec admiration. La défunte comtesse de Forsange, la grand'mère de Mme Bergeret, portait une mante comme la vôtre, mademoiselle Paule. Avec vos joues fraîches et vos cheveux frisés sortant de dessous ce capuchon, ne dirait-on pas le printemps déguisé en hiver?... Et la petite demoiselle ! Est-elle jolie !... Elle ressemble comme deux gouttes d'eau au vieux portrait qui est chez les dames de Saint-Yves!

Paule indiquait en ce moment à sa nièce un chapitre de l'Évangile. Anna commença docilement et patiemment, tandis que la jeune fille, s'étant débarrassée de son manteau, débouchait une bouteille de vin. Mais Fanchette interrompit la lectrice aux premières lignes.

— Lisez le chapitre suivant, s'il vous plaît; la demoiselle du Chemin-Vert m'a lu celui-là hier.

— Qui donc est la demoiselle du Chemin-Vert, Fanchette? demanda Anna, qui ouvrit de grands yeux curieux.

— Le Chemin-Vert, c'est la propriété des dames de Saint-Yves, répondit la bonne femme en baissant la voix, et d'un petit ton réservé qu'on prenait généralement dans le village en parlant devant Paule des parentes de Mme Bergeret.

Ce jour-là, la jeune fille fut plus frappée que de coutume de ce quelque chose de mystérieux.

— Vous connaissez bien ces dames, Fanchette? dit-elle, tout en soufflant le feu.

— Oh! oui, ma bonne demoiselle, elles ont presque toujours demeuré dans le pays, au moins l'été.

— Au Chemin-Vert?

— Pas... pas dans le commencement.

— Où donc habitaient-elles, Fanchette?

— Oh! là, là! mon pauvre genou! s'écria la bonne femme, éprouvant soudain ou feignant d'éprouver une vive douleur. Oh! là, là! que je souffre!

— Je vais vous frictionner un peu, Fanchette; où trouverai-je un morceau de laine?

— Merci... cela passe, mademoiselle... oh! mais que j'ai donc souffert!... Voilà que c'est fini... Allons, mademoiselle Anna, reprenez le livre, s'il vous plaît.

La lecture finie, le vin chaud absorbé, Paule remit sa pelisse à Anna, et revint presque involontairement au sujet qui l'intéressait.

— Mlle Noëlla n'est-elle pas fiancée au docteur Belley? demanda-t-elle pour entrer en matière.

— Oui, c'est ce qu'ils disent dans le bourg. La mère, qui est de vieille souche, a eu de la peine à consentir, parce que le médecin est le petit-fils d'un marchand de toiles; mais Mlle Blanche, qui est l'âme de la maison, l'a décidée en lui promettant de ne jamais la quitter.

— Et quand l'épousera-t-elle?

— Dame, not' demoiselle, quand le médecin aura assez de clients pour nourrir une femme ; il n'est à Montfort que de cette année.

— Et ainsi, reprit Paule avec une émotion involontaire et un vague sentiment de soulagement, Mlle Blanche ne veut pas quitter sa mère ?

La vieille femme sourit finement.

— Non, mais les gens d'ici assurent qu'il y aurait un moyen de tout arranger... Elle pourrait se marier et emmener sa mère, qui a la tête trop faible pour vivre toute seule. Il y a un de ses cousins, un avocat de Rennes, qui est un beau garçon,... s'il n'avait pas une jambe de bois... Mais Mlle Blanche est une manière de sainte qui ne s'arrêterait pas à cela ; elle aimerait mieux pour mari un bon chrétien qu'un joli cavalier. Qui sait s'il n'y aura pas un jour deux noces au Chemin-Vert ?

Le cœur de Paule se serra, et, cherchant à distraire la sensation d'amère tristesse qui l'envahissait tout à coup, elle reprit :

— Je regrette de ne pas connaître ces dames.

— Oh! Mme de Saint-Yves s'était brouillée même avec sa sœur depuis longtemps.....
Maintenant, elle ne pourrait supporter de voir des étrangers dans la maison de son père...

— Quoi! la Garenne n'était pas à mon cousin?

— Non, mademoiselle, c'était aux de For- sange....

Elle s'interrompit de nouveau, et cette fois, les questions répétées et directes de Paule n'obtinrent aucune réponse.

— Qu'est-ce que vous voulez donc savoir, mademoiselle? A quoi bon chercher à con- naître des histoires qui ne vous regardent pas? Mme de Saint-Yves n'a pas été contente, comme de raison, de ne pas avoir l'argent de sa sœur; mais la loi a décidé : bien sûr que la loi a toujours raison!...

Il était tard quand Paule quitta la vieille femme, agitée d'un vague malaise au sujet de ces dissentiments de famille, et rappelant à sa mémoire certains incidents ou certaines paroles singulières, ayant trait aux dames de Saint-Yves, et qui prenaient soudain à ses yeux un sens inquiétant, bien qu'encore mystérieux.

— Comme il est tard, Anna! dit-elle, sortant de sa rêverie et regardant autour d'elle. Vois, le ciel s'assombrit déjà ; les jours sont si courts en cette saison! Le soleil a disparu, et j'ai peur de la pluie.

— Eh bien, tante Paule, si tu veux, nous abrégerons en traversant le taillis; cela nous mènera près de chez *Mademoiselle*, et une fois là, nous sommes presque chez nous.

Paule hésita.

— Je ne suis jamais allée de ce côté, dit-elle; si nous allions nous égarer!

Puis, elle remarqua que le taillis semblait clair-semé, du moins à l'entrée, et que le clocher devrait leur apparaître continuellement à travers les arbres dépouillés. A la grande joie d'Anna, elles s'engagèrent donc dans des sentiers où, le soleil pénétrant moins facilement, le sol était encore dur et gelé, et Paule, désireuse de détourner le cours de ses pensées, prêta une oreille complaisante et attentive au gai bavardage d'Anna.

— Je ne vois plus le clocher! s'écria-t-elle

tout à coup, se trouvant au milieu d'un fourré plus épais, sur lequel de jeunes sapins répandaient l'ombre de leur verdure d'hiver. Cependant, nous devons être dans le bon chemin, car nous sommes venues tout droit...

Elles continuèrent à avancer, mais la route devenait de plus en plus impraticable; il n'y avait plus de sentier tracé, des accidents de terrain se rencontraient sans cesse, et il fallait se frayer un passage en brisant des branches ou en écartant de hauts pieds de fougères.

Anna était devenue silencieuse, sa petite figure laissait voir des signes de fatigue. Le jour baissait rapidement, et au moment où Paule s'arrêta, découragée et inquiète, une pluie fine et drue commençait à tomber, et devait pénétrer bientôt l'ombrage insuffisant des sapins.

— Retournons sur nos pas, dit-elle; il vaut encore mieux reprendre la grande route.

Elles rebroussèrent chemin, mais ce fut encore pis. Le taillis où elles se trouvaient n'avait guère que trois cents mètres de long sur deux cents de large; mais il était devenu si épais, si enchevêtré, si rempli de plantes parasites, qu'il fallait une réelle connaissance des lieux pour s'y reconnaître. Paule chercha à plusieurs reprises à retrouver le clocher ; mais le brouillard était assez épais pour qu'elle ne pût bientôt plus rien distinguer à dix pas de distance. Elle revint plusieurs fois en arrière, croyant découvrir un sentier, et aboutissant à quelque fouillis de troncs renversés et d'arbustes inextricables. Une demi-heure s'était passée ainsi, et la pluie glacée qui tombait sans relâche avait complètement détrempé le sol. Les petits pieds d'Anna, insuffisamment garantis, étaient horriblement mouillés.

— Tante Paule, dit-elle, s'efforçant de retenir ses larmes, je crois que nous nous sommes beaucoup éloignées du bourg.

— Je le crains aussi... Nous allons tâcher de sortir d'ici, mon enfant, et de trouver quelque maison où nous nous sècherons, et d'où nous enverrons chercher une voiture.

Anna ne dit plus rien, mais ses pauvres petites jambes tremblaient de froid et de

fatigue. La jeune fille la prit dans ses bras,
et continua à se frayer un passage.

Au moment où ses forces commençaient à
trahir son courage, elle poussa un cri de
joie en voyant les arbres s'éclaircir. Une
route était devant elle, étroite, fangeuse,
— si fangeuse qu'elle y enfonçait jusqu'à
la cheville, — couverte par des branches
dépouillées, encaissée entre deux talus. Elle
déposa l'enfant sur la lisière du chemin, et
s'appuya un instant, pour reprendre haleine,
contre une souche de chêne qui ressortait du
fossé.

Mais son embarras recommençait. Elle
avait perdu tout moyen de s'orienter, et ne
savait s'il fallait prendre à droite ou à
gauche.

— A la grâce de Dieu! dit-elle, saisissant
la main d'Anna et l'entraînant à droite.

Au bout de quelques pas, la petite fille
s'arrêta.

— Une maison! dit-elle d'une voix hale-
tante.

Perdue dans la brume, s'élevait en effet

une maisonnette, séparée du chemin par une grille en bois, et contre laquelle on distinguait l'ombre d'une tourelle au toit aigu. A travers les fenêtres du rez-de-chaussée brillaient plusieurs lumières.

Paule ne se souvenait pas d'avoir jamais vu cette maison, et pourtant elle avait souvent exploré les environs du village. Elle en conclut qu'elle se trouvait très-loin de Talansac, et pensant que dans les circonstances présentes on ne pouvait lui refuser une banale hospitalité, elle chercha dans les ténèbres toujours croissantes le cordon de la grosse cloche dont elle apercevait la silhouette au-dessus de la grille.

Un son à la fois bruyant et fêlé retentit tout à coup, et lui causa une impression à la fois étrange et pénible, tandis que l'aboiement furieux et perçant d'un petit chien de garde se faisait entendre dans la cour.

XVII.

Le matin de ce jour-là, la maison de Mme de
Saint-Yves était en complète révolution.

Le vieux serviteur qui composait à lui seul
le personnel domestique du Chemin-Vert
avait balayé avec soin la petite cour d'accès,
et avait soigneusement réuni en un fagot les
menues branches mortes qui l'encombraient.
Mlle Blanche enlevait les housses des sièges
antiques et fanés du vieux salon, et plaçait
dans les vases de la cheminée quelques chry-
santèmes, seules fleurs qu'eût laissées l'hiver
dans leur jardin plus productif qu'élégant et
agréable.

Il y avait près de la fenêtre un témoin
attentif, mais silencieux, des efforts qu'elle
faisait pour donner à la maison une parure
de fête. Mme de Saint-Yves était assise à la
place qu'elle occupait depuis un grand
nombre d'années, un ouvrage de tapisserie
sur les genoux, l'aiguille immobile entre ses
doigts blancs et minces. C'était une femme

d'une taille élevée, maigre, un peu courbée, dont le visage offrait des tons d'ivoire et des lignes accusées, mais régulières. Ses lèvres fines et pâles étaient serrées par une sorte de contraction dédaigneuse et triste; ses grands yeux sévères, au regard à la fois inquiet et agité, erraient sans repos autour d'elle; enfin, des bandeaux de cheveux d'un gris de fer entouraient d'un cadre austère cette sombre figure. Elle portait une robe noire en étoffe commune; une longue pèlerine d'hermine jaunie, retombant sur ses épaules, lui composait une parure bizarre; un fichu de gaze noire, noué sous son menton, donnait à ses cheveux une teinte plus foncée.

La pièce où elle se trouvait servait à la fois de salon et de salle à manger à la famille. Un buffet à battants de bois sculpté se dressait entre les tables et les fauteuils, et quand Blanche eut fini d'épousseter, elle traîna au milieu de la chambre une table carrée, sur laquelle elle étendit une nappe de toile fine et blanche.

13

— Où est Noëlla? Ne pourrait-elle t'aider?
dit tout à coup Mme de Saint-Yves.

Elle avait une voix étrange comme sa
personne; les accents en étaient d'ordinaire
sourds et incertains, et semblaient témoigner du silence qui lui était habituel. Mais
ils pouvaient s'élever en notes stridentes
quand, ce faible cerveau étant agité par une
émotion inattendue, elle entrait dans les
crises que ses filles redoutaient, non sans
raison.

— Noëlla pétrit le gâteau, maman, répondit Blanche.

Elle ouvrit, tout en parlant, une porte
placée en face de sa mère, et un tableau
original s'offrit à leurs yeux.

Un étroit corridor séparait le salon de la
cuisine, — une vraie cuisine de campagne,
aux dalles bien lavées, aux poutres noircies,
à l'âtre profond et enfumé s'ouvrant sous le
manteau de la cheminée, assez large pour
abriter deux bancs de bois placés à droite
et à gauche. Sur les murs s'étalaient des
ustensiles de cuivre rouge qui étincelaient

aux rayons du soleil et sous les reflets ar-
dents de la flamme. Au milieu de la cuisine,
Noëlla se tenait debout devant une large
table en bois blanc, et sur cette table, au
milieu des pots de faïence, des assiettes
pleines d'œufs, de beurre, de sucre, il y
avait une masse dorée où ses petits doigts
nerveux s'imprimaient avec vigueur. Elle
portait un peignoir de couleur sombre, sur
lequel tranchait par sa blancheur un grand
tablier à bavette. Ses bras étaient nus jusqu'au coude, ses cheveux blonds légèrement
saupoudrés de farine, et quand elle leva les
yeux en entendant ouvrir la porte du salon,
elle sourit si joyeusement qu'on eût dit une
enfant s'essayant dans ses jeux aux labeurs
d'une servante.

Ce doux sourire eut son rayonnement sur
les traits austères de la sœur aînée, et jusque
sur le visage inquiet et pâle de la mère.

— Le gâteau sera-t-il réussi, ma fille?
demanda celle-ci.

Noëlla rougit de plaisir en entendant ces
mots; il était si rare que Mme de Saint-Yves

s'intéressât à ce qui se passait autour d'elle !

— J'espère que oui, maman... Je vais y mettre une belle fève.

La mère passa sur son front une main tremblante, comme pour rassembler ses idées.

— J'aurais voulu que tu pusses y trouver un anneau de mariage, comme la princesse du conte, murmura-t-elle, semblant rêver.

Une belle nuance rose se répandit sur le doux visage de la jeune fille, tandis qu'elle étouffait un soupir.

— Peut-être sera-ce aux Rois prochains, mère, dit-elle d'un ton qu'elle essayait de rendre gai.

— Il y a bien loin d'ici là ! reprit Mme de Saint-Yves du même air rêveur. Les Rois !.. Nous ne fêtons plus d'autre anniversaire, et l'année est longue pour une jeune fille comme elle !

Blanche vint s'asseoir près de sa mère, et son regard prit une expression douce et tendre, avec quelque chose de protecteur.

— Et pourquoi, chère maman, dit-elle

d'une voix caressante, ne lui donnerions-
nous pas d'autres plaisirs? Si vous vouliez
seulement....

Mᵐᵉ de Saint-Yves la regarda avec calme,
comme pour l'interroger; elle continua :

— Si vous vouliez seulement vous décider
à nous accompagner dans nos promenades,
le plaisir en serait doublé pour elle et pour
moi, et votre santé s'en trouverait mieux.

— Tu sais bien que je ne veux pas revoir....

— Il y a d'autres promenades, maman!
Nous n'irions pas de ce côté... Mais l'église!...
Quel bienfait ce serait pour vous d'y aller!

— Ne me parle pas de cela! s'écria Mᵐᵉ de
Saint-Yves, dont la voix devint presque aigüe,
l'église où *elle* a été portée morte, la pauvre
martyre! et où le corps du réprouvé a re-
posé aussi, par un dernier mensonge!... Jamais! Jamais!

— Oh! mère, il ne nous appartient pas de
dire qu'aucune âme est réprouvée! Vous
savez bien, d'ailleurs, que mon oncle a es-
sayé de parler avant de mourir, et que les
paroles du pardon suprême ont amené une

larme dans ses yeux éteints. Je vous l'ai déjà
dit pour adoucir votre ressentiment.

— Et crois-tu qu'une larme suffise à noyer
des montagnes d'iniquités ! répliqua la mère,
dont les yeux prirent une expression égarée.

— J'espère que la miséricorde divine s'est
exercée sur cette âme ; et vous, mère chérie,
songez aux consolations qui peuvent vous
être données.

— Ne passeras-tu donc pas un jour sans
me parler ainsi? s'écria violemment Mme de
Saint-Yves.

Et, emportée par la colère, elle frappa
rudement le beau visage tourné vers le sien.

Blanche ne se plaignit pas de l'injuste
traitement qu'elle recevait en échange de
sa vie sacrifiée. Elle baisa tendrement les
mains de sa mère, et dit avec douceur :

— Non, mère, je ne vous parle pas souvent de ces choses ; quand je le fais, c'est
dans l'espoir d'adoucir vos souffrances, qui
brisent mon cœur.

Mme de Saint-Yves la regarda un instant,
puis, lui passant le bras autour du cou, cacha sa tête sur son épaule.

— Pardonne-moi, ma fille chérie, mon enfant préférée!... Je souffre tant!... Il y a tant d'amertume dans mon pauvre cœur, tant d'idées sombres dans ma tête!... Mes pensées se troublent souvent, et il me semble que je côtoie la folie!...

— Mais ma chère, chère maman, ne savez-vous pas que ces lèvres qui tremblent si douloureusement s'apaiseraient en parlant à Dieu?.... Oh! comment pouvez-vous vivre sans lui depuis tant d'années!...

Ces paroles n'exprimaient point un reproche, mais une plainte navrée et un douloureux étonnement.

— Je ne peux pas pardonner, dit Mme de Saint-Yves avec un désespoir tranquille qui remua les entrailles de sa fille. Je le hais! oui, jusque dans l'autre monde, jusqu'aux pieds de Dieu, s'il y est admis; je hais celui qui a séparé de moi ma sœur unique et chérie, qui a divisé nos vies, qui a fait d'elle une martyre, qui a capté son héritage et outragé ses dernières volontés, qui, même après lui, ne vous a pas restitué la demeure de vos pères, l'argent qui devait être le vôtre, et qui pouvait rendre heureuse au moins Noëlla... Et je déteste aussi sans la connaître celle qui a hérité de ce bien mal acquis ! Je suis damnée ! damnée, ô ma pauvre enfant, car un des tourments de l'enfer, c'est la haine, et je hais trop pour prier et pardonner !

Le regard de la pauvre Blanche se leva vers le ciel, chargé d'une tristesse et d'une ferveur indicibles. Elle appuya contre sa poitrine la tête de sa mère, et la berça comme une enfant, lui murmurant de tendres paroles.

Tout à coup, la voix de Noëlla se fit entendre. Elle n'avait pas compris les phrases violentes et troublées de Mme de Saint-Yves, dont les accents, même dans ses crises d'exaltation, ne s'élevaient pas souvent au-dessus de leur diapason bas et voilé, et, tout en arrondissant la pâte gonflée dans la tourtière, enduite d'un beurre jaune comme de l'or, elle chantait un cantique du pays sur la fête du jour. Les paroles naïves allaient bien à

ses lèvres enfantines, et l'air simple et doux
à sa voix harmonieuse, mais faible et peu
étendue.

Mme de Saint-Yves releva la tête. Elle souriait, et toute trace d'agitation avait disparu.

— Quelle voix de fauvette a notre Noëlla!
dit-elle. Va donc l'aider un peu, Blanche,
moi, je dresserai le couvert. Il faut qu'elle se
fasse belle pour son fiancé.

Blanche se hâta d'obéir; elle était trop
heureuse quand sa mère consentait à s'occuper, et à se distraire ainsi de ses sombres
idées.

Mme de Saint-Yves se leva; elle avait des
gestes incertains, lents et solennels; mais
elle prépara la table, l'orna de verdure, et
disposa sur un guéridon des tasses à café en
vieux Saxe; puis, fatiguée de cet exercice
inaccoutumé, elle retourna à son fauteuil,
et s'endormit paisiblement.

Comme trois heures sonnaient, les convives attendus franchirent la grille de la
cour. Le vieux petit chien les connaissait
bien, car il se borna à montrer la tête à
l'entrée de sa niche en faisant entendre un

13.

grognement de satisfaction. Les deux jeunes
filles parurent sur le seuil de la porte ; Noëlla,
toute rose de plaisir, tendit ses petites mains
à son fiancé, tandis que Blanche se dirigeait
avec son beau sourire grave vers Alain de
Vouvres, qui s'avançait plus lentement.

— Maman dort depuis près de deux
heures, dit-elle. Je crains de la réveiller ;
voulez-vous vous asseoir dans la cuisine?
La maison est si petite ! Mais cela vaut encore
mieux que de monter notre escalier en spi-
rale, qui est vraiment difficile, n'est-ce pas,
cher Alain?

Il y avait un bon feu dans la vaste cheminée. Le vieil Isidore, debout près des four-
neaux, surveillait le dîner d'après les ins-
tructions de ses jeunes maîtresses. Noëlla et
Edmond, assis l'un près de l'autre, commen-
cèrent à causer à voix basse des affaires du
jeune homme et de leurs plans futurs. Alain
et Blanche se placèrent sur l'autre banc.

— Est-ce que vous avez eu beaucoup de
travail ces temps derniers? demanda la jeune
fille avec sa douceur sérieuse.

— J'ai toujours un grand nombre d'affaires, mais je n'ai fait aucun excès de travail. Pourquoi me demandez-vous cela, chère cousine?

— Vos traits sont altérés; vous avez encore maigri depuis que je ne vous ai vu.

— Je suis malheureux...

Il regarda le feu d'un air sombre, tandis que Blanche fixait sur lui des yeux tendres et attentifs comme ceux d'une sœur.

— Mon pauvre ami, je comprends qu'on ne se console point d'avoir perdu une mère comme la vôtre. Le temps lui-même n'apporterait pas de soulagement à une pareille douleur si l'on n'était chrétien... Mais, mon cher Alain, nous ne pleurons pas « *comme ceux qui n'ont point d'espérance.* »

— Je ne puis m'accoutumer à cette solitude, Blanche. Et je ne parle pas seulement du silence mortel de la maison, de la tristesse de mes soirées; cela, c'est la solitude matérielle. Mais cet isolement moral, ce vide de l'âme qui s'était habituée à ne point cheminer sans compagne dans toutes les régions idéales et intellectuelles, ce douloureux éton-

nement du cœur en constatant à chaque pas
que l'écho sympathique qui lui répondait
toujours s'est tû, voilà ce que je ne puis supporter sans défaillir sous mon fardeau.

— La mort ne détruit pas des affections
bénies et sanctifiées comme celle qui vous
unissait.

— Mais je ne vois plus ma mère, je ne
l'entends plus, et mieux que jamais maintenant, je comprends la place qu'elle occupait
dans ma vie.

— Pourquoi, mon cher Alain, ne pas chercher une compagne qui vous rende heureux? Je suis sûre que le désir de ma pauvre
tante était de vous voir marié.

— Moi, me marier! Vous n'y songez pas,
Blanche, ou vous ne me regardez pas.

— Vous ne faites pas à notre sexe l'injure
de le croire complètement futile et étranger
au dévouement?

Alain passa sa main sur son front.

— Non, et j'ai même rencontré une femme
assez généreuse, assez sérieuse pour songer
à lui offrir mon nom.

— Eh bien ?

— Un obstacle inattendu s'est élevé entre elle et moi, dit-il brièvement.

— Pauvre Alain !

— Oui, ce sont les fruits amers des amours terrestres. Vous, Blanche, vous avez sacrifié votre vie ; votre rêve, je le sais, était d'être religieuse, et vous avez cruellement regretté de ne pas trouver le repos divin et le détachement suprême du cloître... Mais en vous sacrifiant à un devoir sacré, en vous dévouant à votre mère et au bonheur de votre sœur, vous avez quitté Dieu pour Dieu, et votre âme trouve partout le renoncement auquel elle aspirait. Pour moi, privé de ma mère, forcé d'abandonner mon rêve, je suis assez chrétien pour me résigner, pas assez pour goûter la joie dans la souffrance.

— La joie dans la souffrance ! Il ne dépend pas de nous de la sentir ! Poursuivons du moins notre tâche courageusement ; dominez un amour que vous dites sans avenir, ne vous laissez point aller à une tristesse dangereuse, et n'endurcissez pas volontairement votre cœur contre les joies et les compen-

sations que l'avenir pourrait vous réserver...
Ma mère nous appelle... Allons, montrons
un peu de gaieté pour ma chère Noëlla, si
heureuse aujourd'hui !

Quelques instants après, ils étaient réunis
autour du feu du salon, Alain et Blanche
causant avec Mme de Saint-Yves pour per-
mettre à Noëlla de continuer avec Edmond
son innocent aparté. Le dîner fut servi à
quatre heures et demie ; la nuit était venue,
du moins dans l'appartement sombre, et la
petite table bien éclairée, couverte de fleurs
et de pâtisseries, présenta bientôt un aspect
joyeux et animé.

— J'ai une nouvelle cliente, dit le docteur
Belley à voix basse, après s'être assuré que
les autres ne pouvaient l'entendre.

— Et qui donc ?

— Il y trois jours, j'ai été appelé à la
Garenne.

Un vif intérêt se répandit sur le visage de
Noëlla.

— Et pour qui ?

— Pour un domestique, tout simplement.
Mais Mlle du Plantier m'a demandé mes soins

pour le cas où ils lui seraient nécessaires.

— Elle est très jolie et très aimable, n'est-ce pas ?

— Oui, mais mon cœur s'est serré quand je me suis trouvé dans cette maison.

Un soupir involontaire s'échappa de la poitrine de la jeune fille, mais elle reprit presque aussitôt :

— Il doit y avoir bien des changements depuis que ma mère l'a quittée. Ma pauvre tante avait, dit-on, conservé les vieux meubles, mais cette demoiselle a dû remplir le château d'objets modernes.

— Je ne le crois pas ; tout y est beau, mais ancien.

— Comme les événements vous séparent ! reprit la jeune fille avec mélancolie. Je me sentais entraînée vers elle, et il m'en a coûté de ne pouvoir répondre à ses avances.

— Elle m'est moins sympathique qu'à vous ; elle vous a frustrées... Et cependant, si cet héritage vous était échu, vous ne seriez peut-être pas ma fiancée.

— Alors j'aime mieux être pauvre, dit

Noëlla, qu'un tendre sourire paya de cette aimable parole.

Soudain un coup de sonnette bruyant retentit jusque dans la salle à manger. C'était au moment où Noëlla venait de couper son gâteau doré.

— Qui est là ? demanda Mme de Saint-Yves, dont la physionomie prit une expression inquiète.

— Quelque pauvre, sans doute, dit Noëlla en souriant ; il emportera *la part à Dieu.*

Cependant Isidore était allé ouvrir. Presque aussitôt il parut au seuil du salon.

— Une dame qui s'est égarée dans le taillis demande à entrer pour réchauffer sa petite fille.

— Qu'elle vienne ! dit Mme de Saint-Yves. Blanche, ranime le feu, et toi, Noëlla, mets deux couverts.

Il y eut quelques secondes d'attente, puis les hôtes inattendus se montrèrent dans le corridor éclairé.

XVIII.

Les convives, à cette apparition étrange, se demandèrent tout d'abord s'ils n'étaient point le jouet d'un songe. Ces deux figures pâles, mouillées, épuisées, encadrées dans des capuchons de grand'mère, avaient l'air de fantômes plutôt que d'êtres vivants, et Mme de Saint-Yves resta immobile de surprise tandis que ses filles et ses hôtes, en reconnaissant Paule et sa nièce, étaient à leur tour saisis d'une stupeur qui n'eut pas le temps de se dissiper avant que la jeune fille prît la parole.

Un rapide coup d'œil avait suffi pour apprendre à celle-ci où elle se trouvait. Une vague terreur, à peine atténuée par la présence d'Alain, s'empara d'elle aussitôt, mais elle s'avança courageusement.

— Je crains, dit-elle, que le hasard ne me rende bien importune. J'aurais dû paraître dans votre maison autrement que dans les circonstances qui m'y amènent aujourd'hui,

madame... Je n'ai pas osé le faire, et je vous
supplie maintenant de m'accorder la permission de réchauffer ma nièce pendant
quelques instants.

Blanche s'était rapprochée vivement.

— Venez, dit-elle à voix basse, je vais
vous conduire près d'un bon feu...

Mais sa mère l'arrêta.

— Que fais-tu, Blanche? Laisse donc cette
dame s'asseoir, et dis-lui pour moi qu'elle
est la bienvenue... Puis-je savoir son nom?

— Je suis Mlle du Plantier, dit Paule, sans
comprendre les signes désespérés des deux
jeunes filles.

Mme de Saint-Yves resta un instant muette
de surprise et d'horreur, puis se leva lentement dans la majesté étrange de sa grande
taille.

— Mlle du Plantier ! répéta-t-elle avec un
accent indicible. Et vous osez passer mon
seuil !... Sortez, votre place n'est pas sous le
toit qui m'abrite !... Ah !...

Elle s'interrompit à la vue de la petite
fille, dont la mante était tombée, et qui apparaissait dans le costume pittoresque qu'elle

portait. Par un coïncidence extraordinaire, elle retraçait ainsi l'image fidèle d'un portrait placé vis-à-vis d'elle. Même robe rose sur des paniers, même corset orné de galons d'or ; seulement, la petite fille qui souriait depuis un siècle dans son cadre était fraîche, poudrée, pimpante, tandis que sur la pâle petite figure d'Anna les larmes et la pluie avaient collé les mèches de ses cheveux blonds, épars et emmêlés.

— Ou je deviens folle, ou c'est une insulte qui passe toutes les bornes! cria Mme de Saint-Yves d'un air égaré. La robe de mon aïeule!... Venir jusqu'ici pour me montrer cette honteuse mascarade!... Sortez, sortez, vous dis-je!...

Anna, effrayée par ses gestes menaçants, poussa un cri et se réfugia près de sa tante. Paule recula vivement jusque dans le corridor. La terreur et la honte la rendaient muette.

Des cris inarticulés s'échappaient de la poitrine de Mme de Saint-Yves. Le docteur Belley et Noëlla s'élancèrent vers elle, tandis que Blanche et Alain, suivant Paule, refermaient la porte du salon.

— J'espère que vous n'en voudrez pas à ma mère... elle est malade, dit Blanche avec douceur. Pardonnez-moi de vous faire entrer dans la cuisine, c'est le seul endroit où il y ait du feu... J'aurais voulu vous recevoir autrement...

Les lèvres de Paule tremblaient.

— Si ce n'était pour ma nièce, qui est brisée de fatigue et de froid, je ne vous imposerais pas ma présence, dit-elle. Je ne savais pas où je me trouvais en sonnant à votre porte; et en me prêtant à l'innocente fantaisie de cette enfant (elle désignait la toilette d'Anna), je ne me doutais pas des conséquences qui pouvaient s'ensuivre. Je ne sais pourquoi mon nom a produit sur votre mère un effet si pénible...

— Elle est malade, vous dis-je... Mme Bergeret était sa sœur, sa sœur bien-aimée, et tout ce qui la lui rappelle l'agite douloureusement.

Tout en parlant, Blanche aidait Alain

à ôter les chaussures mouillées de la petite fille. Sa mante épaisse avait protégé ses vêtements. Tandis que Blanche attisait le feu, Anna prêtait l'oreille aux gémissements de Mme de Saint-Yves, et collait contre la poitrine de sa tante un petit visage terrifié.

— J'ai peur, murmurait-elle, tandis que ses dents claquaient.

— Blanche, dit Alain, allez trouver votre mère ; vous seule calmez ces crises pénibles. Envoyez-nous Noëlla.

Blanche prit la main tremblante de Paule.

— Je vous en prie, dit-elle avec sa douceur pleine de gravité, n'emportez pas de cette maison une impression trop cruelle. Que la pitié atténue ce que vous avez éprouvé de pénible. Restez ici aussi longtemps qu'il vous plaira ; je vais envoyer notre domestique chercher votre voiture, et Noëlla s'occupera de vous... Vous nous pardonnez ?

— Oh ! je ne vous en veux pas ! Mais je désirerais connaître...

— Adieu... Prions l'une pour l'autre... Devant le Seigneur, les âmes séparées ici-bas peuvent se réunir...

Elle se pencha, donna à l'enfant un baiser long et doux, puis regarda Paule.

Celle-ci, cédant à une impulsion irrésistible, l'embrassa en pleurant.

Un instant après, elle était seule avec sa nièce et Alain. Elle essaya de dominer son émotion, et parla la première.

— Je regrette d'être venue ici ; je ne connaissais pas cette maison... Vous ne refuserez pas de me dire la cause de l'étrange accueil de Mme de Saint-Yves? Il doit y avoir quelque chose que j'ignore.

Il pâlit, et ouvrit la bouche pour répondre. Mais à ce moment Noëlla entrait, et il murmura :

— Plus tard, mademoiselle; en ce moment, il faut vous calmer et vous reposer.

Noëlla prit l'enfant sur ses genoux, l'embrassa, l'apaisa par ses caresses, puis servit sur la table quelques restes du dîner. Paule ne put rien prendre; mais Anna, n'entendant plus les cris de Mme de Saint-Yves, consentit à manger. Alain se mit à lui raconter une histoire, tandis que Noëlla, penchée vers Paule, lui exprimait sa naïve sympathie, et son regret de ne pas la voir souvent.

— J'aime à vous apercevoir à l'église, dit-elle, vous priez si bien ! Et les pauvres vous aiment tant ! Vous êtes comme une bonne fée ; tous les souhaits que je forme pour mes malades, vous les réalisez... Vous ne penserez pas à nous avec amertume, n'est-ce pas? Vous prierez pour moi?... Tenez, il me semble que vous êtes mon amie, et je vais vous dire un secret qui est à la fois ma grande joie et ma grande peine : je suis fiancée au docteur Belley...

— Je le savais, dit Paule, dont le regard exprima une douce sympathie.

— Mais nous ne pouvons nous marier tout de suite ; il faut attendre que M. Edmond ait une meilleure situation, et... il est bien triste parfois à Montfort, tout seul... Enfin, cela peut arriver plus tôt que nous ne l'espérons... Vous penserez quelquefois à moi, n'est-ce pas?

— Oui, répondit Paule, les yeux pleins de larmes. Je voudrais être votre sœur ou votre parente pour...

Elle s'arrêta en rencontrant le regard scrutateur et triste d'Alain. Au même instant la voix de Blanche se fit entendre.

— Noëlla, maman t'appelle !

La jeune fille embrassa Paule et Anna, et disparut aussitôt. Comme Paule allait de nouveau interroger Alain, elle entendit dans le chemin le roulement d'une voiture, et oublia tout dans l'impatience où elle était de retourner chez elle.

Anna s'était endormie. On la porta dans la voiture, où Juliotte avait entassé des vêtements et des couvertures, et la jeune fille se tourna vers M. de Vouvres.

— Offrez mes excuses et mes remercîments à ces demoiselles, que je n'ose déranger, dit-elle. Mais avant de nous séparer, dites-moi ce qui a inspiré à Mme de Saint-Yves cette haine inexplicable pour mon nom. Est-elle folle, ou bien a-t-elle un sujet quelconque de m'en vouloir ?

— Son esprit n'est pas très sain... De pénibles dissensions, des affaires d'intérêt, un procès, enfin...

— Un procès?... Avec une personne de ma famille, peut-être?

— Il eut lieu à la mort de Mme Bergeret.

— Est-ce que... est-ce que vous étiez l'avocat de ces dames ?

— Oui.

Paule se rapprocha de lui avec une anxiété véritable. Mais la crise de nerfs de Mme de Saint-Yves avait repris au bruit de la voiture, et le visage pâle de Blanche se montra à la fenêtre.

— De grâce, partez vite !... Ne vous méprenez pas sur le sens de mes paroles, mais partez !...

Paule jeta un dernier coup d'œil sur ce visage beau et ému, et en montant en voiture, elle murmura :

— Mon Dieu, s'ils doivent être heureux ensemble, qu'elle soit sa femme !

Dix minutes après, à sa grande surprise, elle se trouvait chez elle. Le Chemin-Vert n'était en réalité qu'à une très courte distance de la Garenne.

Quel confort régnait dans le petit salon où elle se retira! quel empressement à la

14

recevoir! quelle affection sur les visages heureux des domestiques!... Anna s'endormit bientôt dans son lit douillet; Juliotte, ayant attisé le feu, apporta sur un plateau des biscuits et du thé dans un précieux service de vieille argenterie, et Paule resta seule, agitée et rêveuse, ne sentant pas le besoin de sommeil après les scènes bizarres de cette journée.

Elle regarda autour d'elle. Les rideaux étaient soigneusement tirés, la lumière adoucie de la lampe éclairait en même temps un paysage vaporeux de Corot et le beau portrait de Mme Bergeret. La flamme montait à travers les bûches entassées, un cricri chantait dans un coin du foyer, et un parfum discret s'échappait de la théière fumante.

Jamais, peut-être, la jeune fille n'avait senti d'une manière plus frappante les douceurs du confort domestique, et le charme de la propriété. Et cependant, un vague malaise, une anxiété pénible assombrissaient son beau front.

Tout à coup elle se leva, et ouvrit d'une

main fiévreuse le bureau antique placé en face d'elle. Elle se rappelait y avoir aperçu des liasses de papiers qu'elle résolut d'examiner ce soir-là.

Elle les prit, les plaça sur un guéridon, et avant de les parcourir, éleva son cœur vers Dieu.

— Seigneur, dit-elle à demi voix et avec ferveur, vous savez dans quelles intentions je me livre à ces recherches! Je vous supplie d'apaiser les haines, de m'aider à réparer les injustices qui ont pu être commises, et de donner la joie et le bonheur à tous ceux que j'ai vus aujourd'hui!...

Le regard mélancolique du portrait semblait suivre ses mouvements et presque lui sourire. Elle délia d'une main ferme le premier paquet qui se présenta. C'étaient des papiers timbrés, des grimoires d'hommes de loi, des extraits de jugements auxquels elle ne comprit rien tout d'abord. Le second paquet contenait des lettres de différentes écritures, qu'elle eut bientôt triées. Le plus grand nombre était signé de Mme de Saint-Yves, et adressé à Mme Bergeret. Paule les

parcourut rapidement. Elles donnaient l'idée
d'une affection vive, passionnée, protectrice
et maternelle, mais jalouse, exigeante, exclu-
sive, et exprimaient à l'égard de M. Bergeret
une antipathie évidente, faisant de plus
allusion à une situation gênée que ce dernier
aurait refusé d'alléger. Paule les mit de côté,
et chercha dans d'autres tiroirs. Une latte
glissa tout à coup, et mit à découvert deux
compartiments secrets, ou plutôt deux vides
assez bas, mais larges. L'un d'eux contenait
des boucles de cheveux blonds et des nœuds
de rubans fanés, souvenir de l'enfant que
Mme Bergeret avait tant pleuré; dans l'autre,
il y avait un petit livre à fermoir, rempli
d'une écriture fine et serrée.

Paule hésita. Lirait-elle les secrets d'une
morte? Chercherait-elle à découvrir le mot
suprême d'une vie qui s'était écoulée sous
cette sorte de voile qu'on pourrait appeler la
pudeur de la souffrance?

Elle leva un regard anxieux sur le portrait
placé au-dessus d'elle. Les yeux mélancoli-
ques de la morte, fixés sur les siens, lui
semblèrent doux et suppliants.

— Je n'agis point par une vaine curiosité, se dit-elle, mais pour connaître des douleurs que je puis soulager, des plaies que je suis peut-être appelée à guérir.

Et dans le silence de cette nuit d'hiver, à la lueur paisible de la lampe, Paule lut le journal intime de Mme Bergeret.

XIX.

(Journal de Mme Bergeret.)

·Rennes, octobre 1846.

Voici les vacances finies, et nous avons quitté la Garenne. Je ne reviens jamais à la ville sans un serrement de cœur; c'est si bon d'habiter la campagne, et j'aime tant notre vieille maison ! La petite Blanche l'aime aussi à sa manière, c'est-à-dire qu'elle rit aux arbres et aux fleurs, et mon beau-frère est moins sombre, il parle moins d'aller habiter Paris après une journée de chasse ou une promenade à cheval à travers les

14.

bois et les landes. Je suis bien pressée d'être
majeure, car alors je serai maîtresse de ma
fortune, — on dit que j'en ai beaucoup, —
et je partagerai tout avec ma sœur. Car enfin,
c'est très triste d'être enfants du même père,
et d'avoir eu, moi une mère si riche, elle
une mère si pauvre. Et Emma a été si bonne
pour moi ! Elle était déjà mariée quand
notre pauvre papa est mort, et elle m'a prise
chez elle pour me prodiguer l'affection et
les caresses qui me manquaient tout à coup.
Aussi, comme je l'aime, cette chère Emma !
Je la trouve plus belle, plus imposante, plus
distinguée que n'importe quelle femme au
monde. Quand elle porte dans ses bras sa
blanche petite fille, je suis tentée de me
mettre à genoux devant elle. Ses yeux si
noirs prennent alors une expression d'indicible tendresse, sa belle lèvre fière sourit
doucement, et je me dis qu'une reine ne
peut être plus, majestueuse, plus admirable
que ma chère sœur Emma.

Louise, ma meilleure amie, m'a dit en
confidence qu'elle la craint un peu, et elle
la trouve *dominatrice*. Dominatrice !... Elle

l'est un peu, comme les personnes qui ont
conscience de leur force, de leur jugement,
de leur raison, et aussi de leurs droits. Car
enfin, elle a sur moi les droits d'une mère!
Et il m'est si doux de lui obéir! Moi, je ne
suis pas faite pour commander; je suis heureuse de faire ce que désirent les autres;
c'est si facile! On n'a pas à lutter, l'ennui
des indécisions vous est épargné...

Emma, tout en exigeant mon obéissance,
me reproche d'être trop faible.

— Tu seras femme bientôt, me dit-elle,
peut-être épouse et mère; il faut que tu
apprennes à réfléchir, à décider, à résister
parfois. Nos meilleures qualités dégénèrent
souvent en défauts quand elles suivent uniquement une pente naturelle.

Mais en attendant le jour où j'aurai besoin
de la force d'âme d'Emma, je suis encore
presque une enfant, — heureusement! —
une enfant aimée, choyée, bien contente
d'avoir offert à ma sœur *chez moi*, à la Garenne, une jouissance qu'elle n'eût pu se
procurer autrement, car la seule maison de

campagne qu'elle possède est le Chemin-Vert, et son mari dédaignerait d'y habiter.

Rennes, décembre 1846.

Je suis presque fâchée que la Garenne soit à moi. A mon avis, la loi n'est pas toujours juste. Notre père n'avait pour fortune que la Garenne et la ferme de la Gâtaye, qui ont à peu près la même valeur. Pourquoi, puisque ma mère, à moi, m'a laissé six cent mille francs, n'a-t-on pas donné à Emma tout l'héritage paternel? Mais non, on a fait un partage, et la Garenne m'est échue. Je vois bien qu'Emma ne peut s'en consoler; c'est là que sa mère est morte; et elle secoue la tête quand je lui répète que tout ce qui est à moi lui appartient.

— Tu es une enfant, me dit-elle.

C'est possible, mais l'enfant a, pour l'aimer, pour la rendre heureuse, le cœur et la volonté d'une femme!

Rennes, janvier 1847.

Je ne comprends pas Lucien. Il s'éloigne de plus en plus de la maison, et quand il passe ses soirées avec nous, il a toujours l'air ennuyé. Ennuyé, quand Emma est là!... Et nos soirées sont si douces!... D'abord, il y a le coucher de Blanche. On chauffe ses petits pieds devant un feu bien clair, elle les remue joyeusement, elle sourit, elle nous regarde et gazouille à sa façon. Emma et moi nous écoutons dans l'extase ces bégaiements incertains, ces sons plus doux qu'une musique, tantôt lents, tantôt pressés, qui s'échappent comme des perles de ses petites lèvres rouges. La belle voix de ma sœur se fait tendre et voilée pour lui chanter une berceuse que j'écoute, les yeux sur la flamme, la main potelée de Blanche dans ma main. Puis, quand on l'a posée dans son berceau, nous prenons notre ouvrage et nous lisons tour à tour à haute voix. Emma lit si bien!... Nos goûts ne sont pas tout à fait les mêmes; moi, j'aime Racine, si doux et si tendre, Lamartine, rêveur et harmonieux; elle préfère Corneille et Victor Hugo. Comme elle s'anime à leurs vers sublimes ou nerveux! Je me dis parfois qu'elle eût dû vivre dans les temps héroïques. Et quelle Romaine

noble et ardente elle eût fait!... Mais alors,
elle n'eût peut-être pas été ma sœur; moi,
j'aurais été peu à ma place dans ces temps-
là. Puis, elle n'aurait pas été chrétienne; et
un jour qu'elle avait beaucoup pleuré, je ne
sais pourquoi, elle m'a dit que sans la religion, elle fût devenue folle ou méchante.

La Garenne, mai 1847.

Je n'écris pas souvent. Notre vie est paisible, sauf les inégalités d'humeur de Lucien,
qui veut toujours vendre la Gâtaye et aller
à Paris pour se lancer dans l'industrie.
Emma s'y oppose, parce qu'elle ne trouve
pas que le commerce soit une occupation
digne d'un gentilhomme. Chère sœur!... Si
elle a un défaut, c'est son orgueil de caste;
elle a mieux aimé épouser Lucien, qui est
d'un caractère faible et dont l'intelligence
n'égale pas la sienne, qu'un jeune magistrat à qui il ne manquait qu'un nom.

Comme le temps est beau!... J'écris dans
le parc, assise sur l'herbe, m'interrompant
pour écouter le chant des oiseaux. Le calme
et la beauté du paysage, l'immensité de

l'horizon amènent dans mes yeux des larmes délicieuses.

— Jouis de ces sensations si pures, me dit Emma d'un ton mélancolique. C'est le privilège de la première jeunesse. Cette année tu verras le monde; les plaisirs artificiels feront peut-être pâlir pour toi les simples joies des champs, et bientôt, qui sait! tu aimeras moins la Garenne.

Oh! est-ce donc possible? Peut-on jamais préférer au chant ravissant des oiseaux le bruit insipide et vulgaire d'un orchestre de bal, — à cette herbe fraîche le parquet d'un salon, — à ces belles plantes sauvages les pauvres fleurs mourantes d'un bouquet? Je ne puis croire que je change à ce point, et je ne puis croire davantage qu'une affection plus vive dépasse jamais dans mon cœur celle que je porte à Emma. Elle m'assure pourtant que cela arrivera un jour, et elle pleure en m'embrassant avec transport, en me disant qu'elle m'aime autant que sa Blanche, et que je suis avec cette enfant sa meilleure consolation.

Rennes, janvier 1848.

Comme on admire Emma au bal! Si je l'aimais moins, je pourrais être jalouse; mon miroir me dit que je suis jolie, mais il me dit aussi que je pâlis près d'elle. Elle est vraiment belle; et Lucien, depuis que nous allons dans le monde, semble très fier de sa femme et lui fait de joyeux compliments. C'est étrange; lui faut-il donc l'admiration des autres pour lui ouvrir les yeux sur le trésor qu'il possède? Mais comment reste-t-il indifférent à ces autres dons d'intelligence et de tendresse que le monde frivole ne peut assez apprécier, mais qui rayonnent dans l'ombre du foyer domestique? Ah! je ne me marierai pas! Si elle, ma chère et brillante Emma, ne réussit pas à fixer les affections d'un mari, si elle ne peut le retenir près d'elle, et s'il lui préfère d'insipides compagnons, la vie de théâtre, de courses, de café, etc., moi je pourrais encore moins être heureuse.

Rennes, février 1848.

Vraiment, personne ne danse mieux que
M. Bergeret! Nous avons passé hier une
soirée délicieuse; il est si amusant! On dit
qu'il est paresseux, et que, s'il voulait, son
intelligence le mènerait à tout; mais cette
insouciance, cet esprit original sont tout à
fait attrayants. Louise m'a déclaré que ses attentions m'ont positivement mise à la mode,
parce qu'il est adoré dans tous les salons.
L'autre jour il a improvisé une charade ra-
vissante... J'avais un rôle charmant... Et
quand on a joué aux portraits chez Mme du
Plantier, sa cousine, qui aime les jeux d'esprit,
on m'a mise sur la sellette, et j'ai trouvé
parmi les petits papiers où je reconnaissais
plus ou moins des traits se rapportant à moi,
ces mots :

« Des yeux de gazelle, inquiets, tendres et
timides, un teint sur lequel se peignent des
émotions de sensitive, la grâce de l'enfant
et le charme de la femme... »

Je suis devenue toute rouge, n'osant me
nommer après toutes ces jolies choses. Il

15

m'a regardée... J'ai deviné que c'était de
lui...

                    Rennes, avril 1848.

Pour la première fois, le carême m'a
semblé long... On ne se voyait plus... Les
soirées de famille me paraissaient ternes...
Un jour, — oh! que j'ai pleuré! — Emma
m'a appelée.

— Isabelle, m'a-t-elle dit d'une voix altérée, on te demande en mariage.

Mes mains se sont jointes, et une émotion
soudaine m'a empêchée de prononcer un
seul mot.

— C'est M. Bergeret...

Oh! quelle joie! quelle sensation de ravissement, bien vite payée par des larmes
amères! Je levai les yeux sur Emma, elle
y lut mon bonheur, et son regard, à elle,
se remplit d'une sorte de colère douloureuse.

— Il ne te convient pas! s'écria-t-elle en
frappant du pied. Tu es trop jeune, et lui
trop blasé! C'est un être intelligent, mais paresseux et inutile; il n'aime de toi que ton

argent! Et d'ailleurs, il n'a pas de nom!... Tu n'es pas ma fille, ajouta-t-elle, je ne puis t'empêcher de faire ta volonté; mais si tu l'épouses, je ne te reverrai jamais!

Je crus que mon cœur se brisait, et il me sembla que tout le bonheur de ma vie s'en allait avec mes larmes. Cependant, je n'eus pas un instant la pensée que je pusse résister à ma sœur.

— Emma, dis-je, pouvant à peine parler, je ne l'épouserai pas; mais si tu m'aimes, ne dis pas qu'il est intéressé! Je te sacrifie mon bonheur, laisse-moi croire du moins qu'il n'était pas indigne de moi!

— Enfant! murmura-t-elle en haussant doucement les épaules.

Je sanglotais. Elle me prit dans ses bras, me couvrant de baisers, me berçant sur son cœur, me répétant : C'est pour ton bonheur, tu me remercieras plus tard.

Nous partons pour la Garenne... Je voudrais pouvoir oublier.

La Garenne, juin 1848.

Je n'écris guère. A quoi bon? Quand j'ai

commencé mon journal, je me disais que ce
serait un memorandum des joies de ma
jeunesse, de joies assez brillantes pour illuminer les jours sombres de l'avenir. Les
jours sombres! Ah! je vois bien maintenant
qu'il y en a à tout âge ; pour moi, ils sont déjà
venus... La maison est triste ; le jardin et les
bois, que j'aimais tant, me semblent mélan-
coliques. Quand je passe par le cimetière, je
me surprends à trouver que la vie est longue,
et que ceux qui dorment là sont heureux.

Je crois que je suis très pâle et très chan-
gée. Emma me prend la tête à deux mains,
me regarde longuement, pleure, et m'embrasse avec une espèce de colère.

— Ah! tu ne m'aimes pas! dit-elle violemment.

Moi, ne pas l'aimer! Moi qui lui ai tout
sacrifié !...

Rennes, novembre 1848.

Je l'ai revu. Il ne m'a pas oubliée. Pourquoi Emma ne lui rend-elle pas justice? Nous
n'avons plus l'une avec l'autre la même intimité; il y a une douleur entre nous.

Rennes, décembre 1848.

Je puis à peine y croire! Ce matin, ma sœur m'a fait signe de venir près d'elle; elle était debout près de la cheminée, sombre et triste.

— Sais-tu ce qu'on dit, Isabelle?... Que j'attends ta majorité pour te marier, afin de pouvoir accepter auparavant une part de ta fortune...

Elle s'interrompit et détourna la tête.

— Emma, ma chérie, il faut mépriser de si viles calomnies; c'est infâme!

— Oui, c'est infâme, dit-elle, les dents serrées; mais je ne leur donnerai pas raison! Et puisque tu es malheureuse, après tout, fais ta volonté, épouse-le!

— Emma!... Tu ne m'en voudras pas?... Tu le recevras? Tu me béniras?

Elle poussa un profond soupir.

— Oui...

Et après un instant de silence, elle reprit:

— Il a de nouveau demandé ta main. Il faut donc lui donner une réponse affirmative, Isabelle?

J'avais besoin d'être seule. Je courus dans ma chambre, mon miroir me renvoya une image radieuse...

Je le verrai demain.

Rennes, janvier 1849.

Quelles heureuses fiançailles sont les miennes !... Emma semble résignée à voir s'épanouir dans mon cœur une nouvelle affection, et je suis, moi aussi, si sincèrement aimée !...

J'ai dit à M. Bergeret que mon intention est d'assurer dès maintenant à la petite Blanche une dot considérable. Il fera tout ce que je voudrai, il me le répète sans cesse.

Rennes, janvier 1849.

C'est demain le grand jour... Mon fiancé ne sait pas encore tout ce que mon cœur renferme de dévouement et de tendresse ; je veux satisfaire ses goûts, être pour lui une femme soumise et aimante. Quand j'analyse mon bonheur, je crois que la confiance que j'éprouve de rendre mon mari heureux en fait la meilleure et la plus chère

partie. L'avenir me sourit,... oh ! oui, il est
bien beau !

La Garenne, mai 1849.

Nous voici enfin de retour de notre voyage
de noces... J'en suis bien aise... Décidément,
je n'aime pas cette habitude qu'on a prise
de nos jours de parcourir l'Europe en sortant de l'église. On gaspille sur les routes,
au courant de la vapeur, les senteurs pré-
cieuses de ces fleurs délicates, de ces joies si
pures ; on fait évanouir au grand jour les
lueurs de la lune de miel.... Oui, il y a dans
ces voyages quelque chose de brutal qui froisse
les illusions, qui les tue. On se serait habitué
doucement l'un à l'autre dans l'intimité du
foyer ; dans ce tête-à-tête bruyant et affairé, on
se heurte parfois, les dissemblances des goûts
s'accusent trop vite et trop brusquement.
J'ai conservé de ces trois mois des souvenirs
où la fatigue et les ennuis matériels l'empor-
tent sur l'art et la poésie. Les hôtels parfois
incommodes, les notes exagérées, la lassitude
des wagons, la société de compagnons insipides me sont plus présents que les points

de vue merveilleux et les vieux ou splendides
monuments historiques. Je suis restée calme
en face de beautés qui, il y a peu de temps,
m'eussent arraché des larmes : c'est que mon
enthousiasme se glaçait devant le sourire un
peu moqueur de Jules... Il ne sent pas
tout à fait comme moi,... il est blasé sur
bien des choses... Quelquefois, lorsque je lui
signalais un paysage frais et ravissant, il
me faisait observer froidement qu'il manquait de premier plan ! Quand je restais en
extase devant une cathédrale gothique, il
déclarait ne pouvoir admirer un édifice dont
les parties n'avaient pas d'uniformité. Ah!
si c'est là ce qu'on appelle le sens artistique,
combien de beautés il déflore, et de combien
de jouissances il nous prive !...

Un soir, je m'en souviens, nous allâmes
errer aux environs de je ne sais quelle petite
ville d'Allemagne. Les hasards de la promenade nous amenèrent dans une fraîche
vallée où une rivière en miniature coulait
entre les saules; un rocher couvert de mousse
se dressait au fond de son lit de sable, elle
l'éclaboussait d'une écume folle et légère,

puis, un peu plus loin, reprenait son cours paisible et arrosait tour à tour des prairies semées de fleurettes et la lisière de taillis verdoyants. L'air était pur, le ciel bleu, les oiseaux faisaient entendre ces chants joyeux et bruyants qui précèdent le coucher du soleil et que, dans mon enfance, j'appelais leur prière du soir. J'éprouvai un sentiment de jouissance intime, un doux attendrissement, et en même temps le besoin irrésistible de cette délicieuse intimité que j'avais rêvé d'avoir avec Jules... Je commençai à lui ouvrir mon cœur, à lui faire ces confidences naïves, mélange d'impressions et de sentiments, que toute jeune fille garde dans son cœur et appelle *ses secrets*... Il me semblait que mes idées et mes récits, en l'initiant à ma nature et à ma première jeunesse, devaient lui paraître aussi intéressants qu'à moi... Hélas! il tira sa montre et me dit froidement :

— Si nous ne voulons pas manquer le bateau à vapeur, ma chère, il est grand temps de rentrer ; vous savez que vous avez encore une malle à fermer... N'oubliez pas, par pa-

15.

renthèse, d'y placer les colliers que j'ai achetés hier pour mes chiens de chasse.

Je tombai de mon paradis, et je pensai avec douleur : Si nous eussions été chez nous, Jules m'eût écoutée, ne fût-ce que par politesse ; qui sait ! il m'eût peut-être répondu par d'autres confidences ! Nos vies se fussent plus facilement mises au même diapason...

Hélas ! les jeunes filles vivent trop souvent de rêves !

La Garenne, juillet 1849.

J'ai voulu reparler à mon mari de cette donation que je comptais faire à ma sœur. Déjà il avait éloigné ce sujet avec de telles marques d'impatience qu'il m'a fallu un véritable courage pour y revenir. Il s'est fâché, j'ai eu presque peur de son regard.

— Vous êtes folle ! m'a-t-il dit avec violence. C'est au moment où vous avez l'espoir d'être mère que vous songez à dépouiller notre future famille ! Ne m'en parlez plus jamais ; vous n'êtes pas une enfant, Isabelle ; tâchez de vous défaire de cette ridicule sensiblerie, et de la naïveté que vous apportez dans toutes les questions pratiques.

Je n'en parlerai plus... C'est la première fois que Jules prend ce ton sévère avec moi...

Emma m'en veut de mon mariage, qu'elle se reproche, dit-elle, d'avoir toléré par crainte des on-dit. Ses lettres sont pleines à la fois de tendresse et de rancune. Sont-ce là donc les affections de la terre? Toutes sont-elles destinées à vous désappointer? Est-ce que le cher petit être que j'attends ne saura pas, lui non plus, comprendre mon pauvre cœur avide de bonheur?...

O Jules, j'aurais pu tant vous aimer!... Mais mon domaine vous est plus cher que sa maîtresse... Vous l'augmentez, vous l'embellissez avec amour, vous menez une vie doucement oisive ou paresseusement occupée... Si j'essaie de m'y glisser, de partager vos lectures, vos promenades, votre expression dédaigneuse ou étonnée m'éloigne bien vite. Je concentre tout en moi, je deviens silencieuse, morne, et je tourne vers Dieu, ce céleste refuge, ce cœur dédaigné que ma sœur torture par sa jalousie, que mon mari brise par son indifférence.

Je suis punie ; j'ai trop demandé aux affections d'ici-bas. Peut-être avais-je fait des rêves impossibles, peut-être d'autres se trouveraient-elles heureuses à ma place. Mais si c'est là tout ce qu'on peut espérer, c'est bien peu, bien insuffisant !

La Garenne, août 1849.

Le sort en est jeté ; les Saint-Yves partent pour Paris. Je voyais peu Emma, car mon mari, jadis si mondain, s'est enamouré de cette vie de campagne, et nous passerons à la Garenne presque tout notre temps, sauf deux mois d'hiver dans le vieil hôtel de la rue des Dames... Comme j'ai hâte de tenir entre mes bras mon cher petit enfant !

La Garenne, février 1850.

Ah ! non, l'amour maternel ne peut désappointer, car, seul entre tous les amours, il ne se nourrit pas de ce qu'il reçoit, mais de ce qu'il donne... Mon enfant chéri !.. Maintetenant, je me ris des soucis, des ennuis, de toutes les contrariétés de l'existence. Que m'importent l'indifférence de mon mari, sa brusquerie envers moi, les reproches de ma pauvre Emma, qui dissèque chacune de mes lettres pour m'accabler de son mécontentement toujours plus amer? Un sourire de mon fils sèche mes larmes, et quand son père lui accorde une caresse, je sens se ranimer mon amour pour lui.

Jules l'aime... Mais il l'aime surtout pour l'avenir, pour les joies futures, pour les triomphes d'amour-propre qu'il s'en promet, pour les plans qu'il bâtit sur cette petite tête blonde. Maintenant le *bébé* l'importune parfois. Mais nos cœurs désunis retrouvent l'accord pour faire des rêves près de ce berceau, et les rares joies qui illuminent ma vie d'épouse, c'est à mon cher ange que je les dois.

Juin 1852.

C'est fini; les Saint-Yves sont ruinés. Grâce à mes supplications, Jules, après être entré dans une violente colère, leur a envoyé une

somme hélas insuffisante. Emma ne veut pas
revenir en Bretagne, du moins en ce moment; ils restent là-bas, Lucien s'essayant
avec peine à un travail qui est aussi étranger
à ses habitudes qu'antipathique à sa nature.
Jules m'a refusé la permission de courir près
d'eux, et ma sœur m'accuse d'insensibilité!

Janvier 1854.

Mon Robert grandit; il a maintenant
cinq ans. Quelles joies ineffables!... Je ne le
quitte pas; à son réveil, je recueille, penchée
sur son lit, son premier sourire et son premier baiser; je me fais sa compagne de
jeux, je tâche de parer de fleurs les éléments
ingrats de la science qui en fera plus tard
un homme... Quand il s'endort, c'est au bruit
de mes chansons, et que de fois, la nuit, je
m'éveille pour écouter, ravie, la douce petite respiration qui frappe mon oreille comme
une musique! Ah! mon cher ange me tient
lieu de tout!

La Garenne, janvier 1860.

De tout!... Ne reposerons-nous donc nos
vies que sur des roseaux!... Je relis avec

amertume ces lignes, écrites depuis bientôt
six ans... Oui, six ans que j'étais heureuse,
— et presque six ans aussi que je n'ai plus
de fils... La vie n'a tenu pour moi aucune
de ses promesses du côté de la terre. Il fallait
sans doute que mon pauvre cœur fût privé
de tout pour s'élever vers le ciel... C'est là
qu'est mon enfant... C'est là qu'est la petite
âme joyeuse qui comprenait déjà la mienne ;...
sa dépouille chérie repose dans le paisible
cimetière où, chaque jour, je m'oublie dans
des larmes intarissables, dans des prières
sans fin, dans des rêves tantôt consolants,
tantôt douloureux.

O souffrances maternelles, de combien vous
dépassez nos joies éphémères ! O sourires d'un
enfant, que vous êtes pâles auprès de la douleur aiguë, brûlante qui nous consume quand
le dernier soupir a frappé nos oreilles!...
Voir tomber en quelques heures cette force,
cette gaieté qui faisaient notre orgueil, voir
se faner ce visage chéri comme une fleur
trop vite coupée, puis sentir contre ses lèvres
les glaces de la mort, presser entre ses bras
des restes insensibles que les caresses ne peu-

vent ranimer et que la tombe réclame, ah!
qui saura dépeindre ce martyre!... O souvenirs qui ne vous effacez pas! ô douleurs toujours nouvelles qui, après des années, faites
couler des larmes de sang!... O chers anges,
joies de nos vies, tortures de notre exil!...
Mon Dieu, mon Dieu, ayez pitié! Pardonnez-moi! Je veux ce que vous voulez!... Mon
ange, soutiens de là-haut celle dont les bras
t'ont bercé avec tant d'amour!...

Février 1860.

Et cependant, quelle que soit ma douleur,
je bénis Dieu d'avoir été mère! Car le fils
de ma tendresse et de mes larmes voit la face
du Tout-Puissant; il jouit d'un bonheur qui
n'a point de limites et qui n'aura pas de fin.
Paradis, céleste paradis, tu as ravi mon trésor pour m'attirer vers toi!...

J'ai lu et relu ce matin des lignes conso-
lantes pour les pauvres femmes comme moi.

« Quelle sera l'ivresse de leur triomphe
« quand elles retrouveront leurs jeunes fils
« perdus dès longtemps, qu'elles avaient
« ensevelis avec tant de larmes, désormais

« pleins de vie et bondissant comme de
« jeunes agneaux dans les célestes prairies,
« élevés dans la gloire, couverts d'une pour-
« pre éclatante, et devenus frères des anges !

« Gloire à la bonté du Seigneur, et à sa
« grâce qui a cueilli ces enfants à peine éclos,
« derniers fruits du déclin de l'automne,
« pour les transplanter dans son jardin
« comme les fleurs de l'éternel prin-
« temps (1) !... »

Avril 1861.

J'ai aujourd'hui trente-trois ans, et j'ai
presque l'air d'une vieille femme. On secoue
la tête en me voyant passer ; je crois que je
n'ai pas de longues années à vivre sur cette
terre. Que Dieu en soit loué ! Je ne lui ai
pas demandé la mort, parce qu'un tel désir
serait lâche et coupable, mais que je la bé-
nirai, cette libératrice !

Mon mari est resté sombre, chagrin, depuis notre malheur. Il n'a retiré de cette
souffrance que du fiel pour mon cœur. Je
suis blessée à chaque instant dans tous mes

_____

(1) Saint Éphrem.

goûts, dans tous mes sentiments, dans tous mes désirs... Emma, qui à la mort de son mari, il y a bientôt deux ans, est venue habiter le Chemin-Vert, est brouillée avec lui, et il m'est défendu de la voir. C'est une nouvelle douleur pour moi ; je l'aime, malgré son injustice, et il m'était doux de m'occuper de ses filles, surtout de la petite Noëlla, née un peu avant la mort de mon fils. Un jour, j'ai voulu braver la défense de mon mari, et je suis allée chez ma sœur ; elle m'a fermé sa porte... Elle ne sait pas, elle ne comprend pas que moi aussi je souffre, que la main qui me comprime est une main de fer. Même dans les chemins, même à l'église, elle se détourne de moi. Ma pauvre Emma ! qu'elle est aigrie ! Et pourtant, il lui reste deux filles ! Blanche est pure comme un lis, pieuse comme un ange, Noëlla, douce et vive comme un oiseau joyeux.... Je voudrais les rendre heureuses, je les vois pauvres. Hélas ! cruelle ironie ! je suis riche, et je ne puis disposer de ce qui est à moi !

La Garenne, juin 1868.

Les années s'écoulent, tristement uniformes ; je traîne une santé languissante, voyant mes forces s'user lentement, mais irrémédiablement. Je n'écris jamais ; à quoi bon ? Après moi, aucune main tremblante d'émotion ne cherchera la trace de mes pensées, et le soulagement que je puis éprouver en les épanchant, je le trouve bien plus sûrement dans la prière. Aujourd'hui, si je rouvre ce petit livre, c'est pour y mettre un vague reflet de joie. Jules s'attendrit, je crois, en me voyant si faible... Il passe plus de temps avec moi, et me témoigne une bonté qui cause à ma pauvre âme une surprise émue. La vie me garderait-elle un sourire au moment où je la quitte ?

10 juillet 1868.

Ah ! de toutes mes désillusions, ç'a été la plus amère ! J'ai vite appris ce qu'il voulait... En effet, ma fortune était presque tout entière à ma disposition, — du moins devant la loi... On m'a parlé de testament....

J'ai refoulé dans mon cœur blessé ce dernier trait, et j'ai consenti à recevoir le notaire que Jules m'adressait.

— Vous laisserez naturellement vos biens à votre mari..... — oh ! le plus tard possible, mais enfin.....

— J'en laisserai à mon mari une large part en viager, ai-je dit d'une voix ferme... Mais ma sœur a besoin d'argent, et je veux faire, morte, ce que je n'aurai pu faire vivante...

J'ai dû subir deux heures d'instances, de raisonnements spécieux, d'objections innombrables ; j'ai résisté à tout cela, et je ferai ces jours-ci, mais dans le sens que je juge convenable, l'acte qu'il est en effet de mon devoir de laisser derrière moi.

12 juillet 1868.

Quelle scène violente !.. Ah ! elle abrégera ma vie ! Jules m'a parlé lui-même de ce testament, d'abord avec une tendresse doucereuse, puis avec une colère croissante qui m'a fait peur.

— Voulez-vous donc, s'est-il écrié, me priver, à mon âge, du confort auquel je suis accoutumé? Voulez-vous, en me donnant vos biens en viager, me faire passer pour un prodigue et m'infliger la honte de votre défiance?

Je suis trop faible pour transcrire cette scène... Il a vu que je défaillais.. Il n'a pas eu honte de sa cruauté... Il a mêlé à ses avides revendications le nom de notre enfant pour m'émouvoir en sa faveur... J'ai lutté, j'ai combattu pied à pied. Je lui ai offert de lui laisser en propre la moitié de ma fortune,... les trois quarts... Il porte à ma sœur une haine si intense qu'il a refusé tout arrangement qui lui assurerait un legs quelconque.

— Eh bien, ai-je dit avec désespoir, prenez tout, mais abandonnez-lui la Garenne, c'est la maison de son père!

— La Garenne! J'y tiens plus qu'à tout le reste!

— Cependant, elle y rentrera!

Je me laissai aller, anéantie, sur mon fauteuil. Ce dernier mot avait épuisé mes dernières forces. Il ricana d'un air sinistre et me quitta avec une parole brutale.

17 juillet 1868, 5 h. du matin.

J'ai été lâche, j'ai eu peur.... C'était la nuit, j'étais seule, et si faible... oh! si faible!... Je m'éveillais d'un rêve affreux, il me semblait voir des figures étranges dans les coins de la chambre... Je suis ainsi toutes les nuits, depuis cette terrible histoire de testament... Jules est entré; il m'avait, disait-il, entendue me plaindre. Il a recommencé ses instances, il a eu un nouvel accès de fureur, et m'a mis une plume à la main, avec des menaces! Oh! en le voyant ainsi, les yeux injectés de sang, ma pauvre tête s'est perdue.... J'ai écrit sous sa dictée, j'ai signé... J'ai signé la ruine d'Emma! Alors, il a feint de nouveau une tendresse et des remords hypocrites; il m'a dit que je vivrais, que je vivrais longtemps pour être heureuse, pour recevoir ses soins en échange de la preuve d'affection que je lui donnais... Quel mensonge!.. Emma! je me suis amèrement rappelé tes paroles : Il faut parfois savoir résister... Oui, résister jusqu'à la mort! Et après tout, ma mort t'eût faite riche!

25 juillet 1868.

Ma vie s'en va... Mais je ne puis mourir avec ce remords, cette angoisse. Avant de me préparer à quitter ce monde, je veux faire un autre testament, qui, je le sais, annulera celui qui m'a été arraché...

Je suis surveillée, on se défie de moi; mais aujourd'hui j'ai reçu la visite de mon cousin de Forsange le missionnaire, qui part pour la Chine; cela m'a donné du courage, et comme Jules est allé le conduire jusqu'à Talansac, je profite de cette minute...

7 septembre 1868.

J'ai cru que tout serait découvert.... Il est revenu avant que j'eusse signé et daté le testament. Aujourd'hui, j'ai pu le faire, grâce à la venue d'un architecte qui est en bas, dans la galerie. Je me suis traînée hors de mon lit pour écrire ces lignes et placer le précieux papier dans mon bureau; on ne l'ouvrira pas tant que je serai vivante... Maintenant je suis en paix; arrive que pourra! J'attends mon confesseur,... ma main se

traîne sur ce papier, les forces me manquent,
je touche au terme... Puissé-je être pardon-
née comme je pardonne!..

. . . .

XX.

Là finissait ce roman, ce martyre, et Paule,
tremblante, inondée de larmes, attacha un
long regard sur ces lignes presque illisibles,
pour le reporter ensuite sur le portrait de
la femme infortunée qui les avait écrites de
sa main mourante. Elle retrouvait sur ce
front mélancolique, sur ces traits prématurément flétris, dans ces yeux fatigués, enfin,
et jusque dans la chevelure grisonnante, la
trace pour ainsi dire palpable de toutes les
souffrances que la pauvre Isabelle avait en-
sevelies dans le secret de son cœur.

Les dernières angoisses, les dernières
larmes de cette âme douce et tendre n'avaient
eu d'autre témoin, d'autre confident que
Dieu... Si, un autre, — le prêtre, cet ami
discret de toutes les douleurs. Mais le secret

de la mort et le secret de la confession avaient mis leur sceau sur ces heures suprêmes...

Paule était oppressée, une émotion poignante s'emparait d'elle. Tout à coup, elle passa sa main sur son front.

— Un testament! dit-elle presque haut. Il y avait un testament! L'a-t-on trouvé? Qu'en a-t-on fait?

Elle se leva fiévreusement et bouleversa de nouveau tous les tiroirs.

Rien.

Elle reprit les liasses de papiers, les feuilleta une à une, puis ébranla toutes les parois du meuble, cherchant à découvrir quelque autre cachette.

Mais elle eut beau chercher, elle ne trouva pas de testament.

Quand elle retomba, épuisée, sur un fauteuil, le feu était éteint, et l'aube tardive de ce jour d'hiver faisait glisser un pâle rayon entre les lourds rideaux... Un bruit léger se faisait entendre à l'étage inférieur, la maison s'éveillait, le travail recommençait autour d'elle.

16

Elle sonna. Juliotte monta, et parut saisie d'un étonnement extrême à la vue du désordre de la chambre.

— Juliotte, voulez-vous dire à Pierre d'atteler le coupé? Je désirerais partir pour Rennes le plus tôt possible.

— Oh! mademoiselle, qu'est-il donc arrivé? s'écria l'excellente femme avec effroi.

— Une affaire urgente me force à voir mon notaire...

— J'espère que ce n'est rien de fâcheux pour Mademoiselle?

— Non.

Elle dit ce mot machinalement, et tressaillit aussitôt en entendant la voix d'Anna.

— Bonjour, chère petite tante! Est-ce que mon lait est préparé? Dis vite qu'on allume le feu, j'ai hâte de me lever. Il ne pleut plus, je pense? Je voudrais tant sortir!

Paule l'embrassa.

— Juliotte va t'habiller, mon enfant; je suis forcée d'aller à Rennes ce matin.

— Oh! veux-tu m'emmener?

— Non, c'est impossible.

— Tu ne seras pas longtemps absente?

— J'espère que non, ma chérie.

Elle noue son chapeau, se couvre de sa pelisse, et descend l'escalier comme dans un rêve.

Ah! un oubli!.. Le petit livre de Mme Bergeret lui sera peut-être nécessaire..... Elle éprouverait de la répugnance à accuser un mort, à rendre publics des épanchements intimes ; mais elle irait jusqu'au bout pour prouver l'existence du testament...

Pierre ouvre la portière du coupé... *Son* coupé.... Est-il encore à elle?

Elle se retourne pour jeter un regard autour d'elle. La figure joyeuse d'Anna lui sourit derrière une vitre; le vieux jardinier qui se dirige vers la serre lui adresse un bonjour respectueux; par la porte ouverte des étables à demi cachées derrière les massifs, on aperçoit les petites vaches tachetées. Tout respire la vie, la joie, le confort...

Pierre ferme la portière, s'élance sur son siège et saisit les guides.

— Pierre, arrêtez!..

Elle reste immobile, embrassant d'un regard ardent cette demeure riante et les vastes horizons qui l'encadrent... Là est la paix, là sont le bonheur et la santé de sa nièce. Pourquoi veut-elle y renoncer? Pourquoi plonger de nouveau dans la pauvreté cette enfant heureuse?

Paule défaille.

Après tout, y a-t-il eu un testament? La fièvre et la souffrance n'ont-elles pas fait divaguer cette femme mourante?...

— Pierre, à l'église!

Elle se rejette dans son coupé, les chevaux partent, le tentateur s'est éloigné...

Le curé vient de dire sa messe; elle entre dans la petite sacristie, et, ne pouvant dominer son émotion, lui indique silencieusement les deux paragraphes du petit livre.

Il lit, et la regarde avec une expression d'indicible étonnement.

Elle cherche à parler : de nouveau la voix lui manque.

— Mon devoir est-il de rechercher ce testament? murmure-t-elle enfin.

Le prêtre, — c'était un vieillard, lève les mains au ciel pour implorer une bénédiction divine, et les étend sur le front pâle de la jeune fille.

— « *Bienheureux,* » dit-il, « *ceux qui ont faim et soif de la justice, car ils seront rassasiés.* » Pour des biens périssables, Dieu vous donnera des biens éternels. Mon enfant, que Dieu vous bénisse !

— Je pars, mon père, dit-elle, levant les yeux avec une ferveur d'enfant ; je fais ce que je dois, advienne que pourra !..

Le soleil se montre à travers la brume, le givre étincelle aux arbres et aux buissons, les charretiers font claquer leur fouet et excitent leurs chevaux.

Les alezans dévorent l'espace. L'air est froid et piquant, mais pur et sain, et Paule cherche à endormir sa pensée en se laissant aller au bien-être physique de ce mouvement rapide.

Il est neuf heures à peine quand la voiture s'arrête à la porte de Me Sageot, rue de la Monnaie.

Les clercs viennent d'arriver, mais le notaire n'a pas encore paru quand se présente sur le seuil de l'étude cette belle, cette pâle et noble apparition.

On l'introduit dans le cabinet de Me Sageot ;

16.

elle se laisse tomber sur un siège, et tres-
saille, un instant après, en voyant devant
elle la petite personne joyeuse et impor-
tante du notaire.

Elle l'interrompt aux premiers compliments qu'il lui adresse.

— Monsieur, dit-elle avec gravité, j'ai
des doutes sérieux sur la légitimité de ma fortune, et j'ai lieu de croire qu'il existe un testament de Mme Bergeret, postérieur à celui
qui a institué son mari héritier de ses biens.

— Ah! ah! dit le notaire essuyant ses lu-
nettes avec un sourire tranquille, et comment donc avez-vous fait cette découverte?

— J'ai trouvé, parmi les papiers de Mme Bergeret, la preuve que ce document a existé.

— Veuillez me communiquer ces papiers,
si vous les avez sur vous.

Paule hésita.

— Est-ce bien nécessaire?

— Absolument nécessaire. Je n'ai pas besoin de vous assurer de ma discrétion : c'est
une qualité professionnelle.

Elle ouvrit le livre à la dernière page, et
le lui présenta.

Il lut attentivement, puis releva la tête avec le même sourire calme.

— Eh! oui, dit-il, montrant le carnet, c'est bien ce que je pensais, — le fameux testament post-daté.

— Vous l'avez vu? Vous savez où il est? s'écria Paule se levant toute droite.

Le notaire, toujours souriant, se leva à son tour, ouvrit un carton qui portait en belle ronde les noms : Bergeret — du Plantier, et y chercha pendant quelque temps.

— En voici la copie, dit-il.

La jeune fille lut avidement les lignes suivantes :

« Ceci est mon testament.

« Aujourd'hui, j'ai vu pour la dernière fois mon cousin de Forsange, qui part pour prêcher les infidèles, et qui succombera peut-être sous leurs persécutions... Nous avons parlé de la mort qui s'approche de moi et qui plane sur lui, du monde éternel où Dieu recevra ses justes, et à la suite de cette visite, j'ai trouvé la force et le loisir d'accomplir un acte que je crois nécessaire à mon repos.

« Donc, moi, Isabelle-Marie Bergeret, née de Forsange, tant en vue de satisfaire l'affection que je n'ai jamais cessé de porter à ma sœur que pour réparer une faiblesse que je me reproche, je déclare nul et non avenu le testament que j'ai fait et signé le dix-sept juillet de la présente année.

« Je laisse à Jules-Alphonse Bergeret, mon époux, la jouissance viagère de la Garenne et les intérêts d'une somme de trois cent mille francs; le capital sera inscrit au nom de ma demi-sœur, Emma de Saint-Yves, née de Forsange, à laquelle je lègue le reste de mes biens.

« Fait en pleine connaissance et avec la volonté formelle qu'on exécute.... »

(Ici la phrase était inachevée, puis la date se trouvait au-dessous.)

« La Garenne, en Talansac, près Montfort sur-Meu,

7 septembre 1868.

« *Signé* : Isabelle-Marie BERGERET, née DE FORSANGE. ».

Pâle, mais décidée, Paule regarda Mᵉ Sageot, tout en retenant dans sa main le testament.

— Ainsi, dit-elle, ce testament a été trouvé?

— Sans doute.

— Et reconnu authentique?

— Parfaitement authentique.

— Mais alors?... s'écria vivement la jeune fille.

— Eh bien, ma chère demoiselle, ainsi que j'ai eu l'honneur de vous le dire, ce testament est post-daté.

Paule ouvrit de grands yeux.

— Il a été établi, dit le notaire d'un air de condescendance, et le petit livre que vous m'avez montré en fait foi, que cet acte n'a pas été daté le même jour qu'il a été écrit... M. Bergeret n'a sans doute pas eu connaissance de l'existence de ce journal, ajouta-t-il, comme se parlant à lui-même.

— Mais enfin, dit la jeune fille avec anxiété, que voulez-vous dire, et qu'importe que le testament ait été écrit en deux fois!

— Cela importe tout simplement assez pour que les tribunaux l'aient annulé, ma chère demoiselle.

Et il se lança dans une explication que

Paule écouta avec une impatience mêlée de surprise.

— Je ne comprends pas, dit-elle, comment, n'ayant pas lu le journal de Mme Bergeret, on a pu reconnaître qu'elle ne l'a pas fait et daté le même jour.

— Remarquez la forme bizarre de ce document, mademoiselle. Par un caprice vraiment original, il a plu à la testatrice de nous initier aux circonstances qui ont marqué le jour où elle l'a écrit. Or, M. Bergeret s'est rappelé parfaitement, et il a été facile de prouver son dire, que le cousin de sa femme, ce missionnaire dont elle parle, s'est embarqué pour la Chine le 30 juillet; le testament n'ayant été daté et signé que le 7 septembre, il devenait parfaitement clair qu'il a dû être fait en juillet.

Paule resta un instant silencieuse, puis reprit :

— Il me semble étrange que ce soit là un cas d'annulation. A mes yeux, ce n'est qu'une nouvelle preuve de la détermination où était Mme Bergeret de léguer sa fortune à sa sœur;

elle a fait son testament le 25 juillet, elle l'a encore confirmé en le signant plusieurs semaines après : ses volontés étaient donc toujours les mêmes.

— C'est possible, et moralement parlant, je suis de votre avis; mais *légalement*, on pouvait en tirer d'autres conclusions.

— Ainsi, d'infimes détails comme celui-là peuvent autoriser à fouler aux pieds les vœux d'une mourante!

— Ces infimes détails sauvegardent parfois des intérêts sacrés. Nous devons nous incliner devant la loi.

— La loi!.. c'en est la lettre et non l'esprit.

— Peut-être; ce fut du moins l'avis de Mme de Saint-Yves, qui, au lieu d'accepter la transaction que M. Bergeret avait consenti à lui offrir, a laissé attaquer le testament, et a plaidé contre tout espoir de succès, contre l'avis même de son avocat.

Paule tressaillit.

— Son avocat? Me de Vouvres?

— Oui.

— Quoi, cette cause ne lui semblait point juste?

— Pardonnez-moi; Mᵉ de Vouvres est le don Quichotte du barreau, et ne se charge jamais d'une cause véreuse; mais il était persuadé qu'on échouerait.

— Et l'on a échoué?

— Et l'on a échoué.

Paule garda un instant le silence.

— Monsieur, dit-elle enfin, veuillez vous mettre en rapport avec les hommes d'affaires de Mᵐᵉ de Saint-Yves, et leur faire connaître que, étant convaincue que je possède légalement, mais non légitimement les biens de Mᵐᵉ Bergeret, je désire en faire à leur cliente une complète restitution; je la prie seulement de me donner une décharge pour le temps où j'en ai joui dans la bonne foi de ma conscience.

Le notaire bondit.

— Mais c'est de la folie! s'écria-t-il presque involontairement. Vous plaisantez, n'est-ce pas, mademoiselle?.. La loi a prononcé, et nul ne songe désormais à contester vos droits.

— Mes droits! Je vous répète, monsieur, que ma conscience ne les reconnaît pas.

— Je vous laisserai malgré vous le temps de la réflexion, répliqua-t-il. Je refuse en ce moment de prêter mon ministère à un acte aussi extraordinaire; c'est inouï, mademoiselle, et vous vous dépouillez dans un accès de générosité enthousiaste que vous regretterez amèrement plus tard.

— Voulez-vous me forcer à recourir à un autre? dit Paule avec calme.

Le notaire essuya son front couvert de sueur.

— Au moins, proposez une transaction! Ce que cette dame a refusé quand elle espérait gagner son procès et qu'il ne s'agissait d'ailleurs que d'une somme infime, elle l'acceptera, maintenant qu'elle a dû renoncer à toute chance d'héritage : elle serait trop heureuse de la moitié de votre fortune.

—Je n'admets pas les demi-mesures, répondit-elle en secouant la tête.

— Mais enfin! s'écria le notaire, vous déduirez du moins et garderez pour vous les économies de M. Bergeret! Je puis vous en dire le chiffre exact, et quoiqu'elles ne soient pas considérables...

17

— Des économies faites sur un bien que je considère comme mal acquis? Je n'en veux point. Et qui sait, d'ailleurs, si une mort imprévue n'a pas seule empêché M. Bergeret de tester en faveur de sa belle-sœur?

— Il est positif qu'il a cherché en vain à parler et à écrire, mais on ne peut se lancer dans des hypothèses aussi gratuites...

— Il n'importe, monsieur, mes réflexions sont toutes faites, et je vous prie de vouloir bien prévenir ces dames que je quitterai la Garenne demain soir... Je me permettrai seulement, dit-elle avec un triste sourire, de retenir l'argent de mon voyage... Vous le leur direz... Je vous laisserai mon adresse, où que j'aille, et de pleins pouvoirs...

— Vous partez déjà! Ah! mademoiselle, attendez! Il n'est pas possible que vous vous hâtiez à ce point!...

— Oh! laissez-moi m'en aller! dit Paule avec un geste suppliant et d'une voix plaintive qui fit tressaillir les fibres nerveuses de l'homme de loi.

Il s'inclina en silence et la reconduisit jusqu'à la porte.

Ce matin-là, à déjeuner, il donna des signes d'une préoccupation si évidente que sa femme l'interrogea avec inquiétude.

— Tu sais bien, dit-il, cette jeune fille dont je t'avais parlé comme étant si originale? Eh bien! ou elle est folle, ou c'est une créature d'un autre âge, fourvoyée dans notre dix-neuvième siècle!

XXI.

Une souffrance vive, intense, déchirait le cœur de Paule tandis qu'elle retournait à Talansac. Un sens impérieux de droiture l'avait soutenue jusque-là; maintenant, la force semblait l'abandonner; chacun des détails de sa vie se retraçait à sa mémoire, chaque chambre de la maison, chaque recoin du parc venait s'offrir à son imagination pour l'accabler de regrets. Mais elle pensait beaucoup moins à elle-même qu'à Anna; c'était pour l'enfant qu'elle ressentait une douleur si aiguë.. Comment, en effet, l'arracher à ce luxe, à ce bien-être, à ces habitudes douces et agréables sans que son petit cœur se brisât, sans que sa santé souffrît? Comment lui dire qu'elles étaient redevenues pauvres, et qu'il faudrait reprendre la vie étroite et laborieuse dans une mansarde de grande ville?

La voiture avançait rapidement; on arrivait aux premières maisons du bourg; les femmes souriaient en saluant leur chère bienfaitrice, les enfants revenant de l'école lui faisaient leur plus belle révérence... Quitter tout cela! Retomber dans l'isolement! Ne plus pouvoir donner!...

Elle aperçut dans le cimetière la taille majestueuse de Blanche de Saint-Yves.

— *Maintenant,* dit-elle; je pense qu'*il* pourra l'épouser!

Elle pressa ses tempes avec force comme pour étouffer ses idées douloureuses, et, à ce moment, le bruit argentin d'une clochette vint frapper ses oreilles. Le curé était allé porter le saint Viatique à un malade, et il revenait vers l'église, précédé d'un petit enfant. Sur son passage, les paysans interrompaient leur travail pour le suivre, tête nue.

Paule descendit, se joignit à l'humble procession, et reçut la bénédiction devant l'autel. Puis, elle attacha un regard prolongé et suppliant sur le tableau de sainte Thérèse, radieuse sous sa robe de serge, dans sa cellule nue et froide, et semblant indiquer sa devise : *Aut pati, aut mori.*

Quelques instants après, la jeune fille tressaillit en entendant marcher derrière elle : le vieux prêtre la regardait avec une douce compassion. Elle lui dit :

— Priez pour moi, mon père, le sacrifice me semble bien dur.

Il répondit, les larmes aux yeux :

— *Bienheureux les pauvres !...*

Et quand elle sortit de l'église, elle était assez forte pour voir sans défaillir sa petite Anna.

— Oh! ma tante, s'écria l'enfant, s'élançant au-devant de la voiture, que tu as été longtemps absente !... Mais tu as les yeux rouges, qu'est-ce qui est donc arrivé?

Paule l'emmena dans le petit salon où le portrait de Mme Bergeret lui donnerait, pensait-elle, du courage, et l'assit sur ses genoux.

— Anna, dit-elle, récite-moi le septième commandement de Dieu ?

L'enfant réfléchit un instant, compta sur ses doigts, et dit d'un air triomphant :

Le bien d'autrui tu ne prendras,
Ni retiendras injustement.

— Comment s'appellent les gens qui prennent le bien d'autrui Anna ?

— Des voleurs, ma tante.

— Et ceux qui, apprenant tout à coup que leur fortune n'est pas à eux, la retiennent au lieu de la rendre à ceux qui elle appartient ?

— Mais, tante Paule, je suppose que ce sont aussi des voleurs.

Paule l'embrassa.

— Eh bien, dit-elle, si nous gardions plus longtemps cette maison, ce jardin, nous ferions une chose injuste devant Dieu... Désormais, ma chérie, nous serons pauvres ; il faut partir d'ici, et je recommencerai à travailler ; mais tu te résigneras à cela, n'est-il pas vrai, plutôt que de déplaire à notre Père céleste ?

Les yeux d'Anna, agrandis par l'effroi, se fixaient sur elle avec une douleur étrange. Une seule chose l'avait frappée dans les paroles de sa tante : il fallait partir.

— Nous... nous n'habiterons plus la campagne? dit-elle, la gorge serrée.

— Hélas!...

L'enfant pressa sa petite poitrine de ses deux mains pour ne pas suffoquer, et reprit faiblement :

— Tante Paule, ça m'est égal d'être pauvre! mais, oh! je t'en prie, n'allons plus dans une ville!.. J'aime mieux une maison de paysan!

Paule la regarda un instant en silence, puis l'embrassa avec une tendresse infinie.

— Je te le promets... Nous habiterons la campagne... Peut-être y vivrons-nous avec le peu que nous avons, ajouta-t-elle, comme se parlant à elle-même.

Puis, elle pressa de nouveau l'enfant sur son cœur avec un élan passionné, et dit :

— Anna, plus tard tu m'entendras peut-être blâmer. On te dira que j'aurais dû conserver pour to cette fortune à laquelle je

renonce. Mais j'aime mieux te voir pauvre
que te léguer des richesses injustes; ton
père ne m'a pas seulement confié ton bien-
être et ton bonheur, mais surtout ton âme...
Tu te rappelleras ce que je te dis?... Tu n'en
voudras jamais à ta pauvre Paule?

Anna la regarda avec étonnement.

— Oh! tante Paule! dit-elle, je ne voudrais
pas que tu fisses quelque chose de mal à
cause de moi!...

Et, rappelée au souvenir de ce qu'elle allait
quitter, elle éclata en sanglots amers qui
eurent dans le cœur de Paule un long et
cruel retentissement.

. . . .

Le lendemain est venu. Tant de larmes ont
coulé parmi les domestiques, que Paule sent
son courage défaillir. Elle a exigé de Juliotte,
de Pierre et du vieux jardinier le secret absolu : elle ne veut pas que son départ soit
ébruité, et elle redoute surtout, par un motif
de délicatesse, de se trouver en présence des
dames de Saint-Yves.

Cependant, elle ne peut quitter le pays

sans aller voir sa vieille amie, et elle se dirige vers la maison de Mlle de Lonjac.

Celle-ci, occupée à faire une petite couronne de clinquant pour la statue de la Vierge qui orne sa cheminée, la reçoit avec sa bonne grâce accoutumée, puis écoute avec stupeur, chagrin et admiration le récit de Paule.

— Restez parmi nous, dit-elle, s'essuyant les yeux.

— Je compte m'établir en Bretagne, mais je ne puis demeurer près des dames de Saint-Yves... Elles croiraient peut-être devoir insister pour que je garde quelque chose de cette fortune, et moi, je ne puis recevoir d'elles ce que je considérerais comme une aumône.

— Paule, s'écria la vieille fille, embrassant sa jeune amie, nous ne nous séparons pas pour toujours. Dieu vous aidera lui-même à élever votre nièce, et un pressentiment me dit que mes vieux yeux vous verront heureuse avant de se fermer pour jamais !

Paule n'espérait plus, à cette heure-là, d'autre bonheur que celui de là-haut.

. . . .

17.

Le moment du départ approche. Paule et Anna vont à Rennes, et chercheront de là un bourg paisible pour y vivre bien modestement... Cela vaut mieux, à tout prendre, que l'existence des grandes villes, et il faut si peu de chose à la campagne !

Anna, la main serrée dans celle de Juliotte, parcourait en pleurant la maison entière, tandis que Pierre, triste et sombre, chargeait les malles derrière la voiture. Il était cinq heures; la nuit enveloppait déjà la campagne, lorsque Paule, qui se tenait debout contre les vitres, couverte de son vêtement de voyage, entendit un bruit de roues en dehors de la grille, et, peu d'instants après, recula violemment en apercevant dans l'obscurité une haute silhouette s'avançant vers la maison... Cette démarche, elle la reconnaît... Quoi ! cette dernière épreuve ne lui est pas épargnée, il faut qu'elle revoie Alain de Vouvres......

Oui, le voilà; il entre dans le petit salon, et promène autour de lui un regard ému. Jamais ce salon n'a été si charmant, si hospitalier... Il y a un bon feu, les lampes répandent une douce lumière, et devant le portrait de la pauvre Isabelle, la main pieuse de Paule a rassemblé tous les camélias de la serre, en signe d'adieu.

— J'arrive à temps, mademoiselle, dit-il d'un ton ému, désignant le sac de voyage jeté sur la table.

Elle s'inclina sans rien dire, en avançant un fauteuil au coin du feu.

— J'ai vu aujourd'hui votre notaire, reprit-il, et je vais ce soir même chez les dames de Saint-Yves... Vous ne savez pas le bien que vous allez leur faire !

— Oui, je sais... Mlle Noëlla pourra épouser son fiancé, et sa mère recouvrera peut-être sa tranquillité d'esprit...

Elle ne put en dire davantage, sa gorge se serrait malgré elle.

— Je ne puis assez vous exprimer ce que je pense de l'acte que vous avez accompli...

Paule détourna la tête un instant pour dominer son émotion.

— Je n'ai connu qu'hier l'existence du testament de Mme Bergeret, dit-elle enfin.

Vous, qui étiez au courant de toutes ces affaires, vous auriez dû m'en avertir.

— J'aurais dû vous en avertir! répéta-t-il avec émotion. Y a-t-il beaucoup de personnes chez qui, en ce siècle d'argent, une semblable communication eût provoqué des sentiments... laissez-moi dire le mot — aussi héroïques?

— Vous avez douté de ma droiture, alors? demanda-t-elle simplement. Il n'y a pas de ma part le moindre héroïsme; je n'ai fait que mon devoir.

— C'est vrai; mais le devoir est parfois difficile. Cependant, pardonnez-moi, j'ai eu tort. Si j'avais mieux connu celle à qui ma mère donnait le nom d'amie, je me serais peut-être épargné bien des souffrances, et peut-être aussi vous aurais-je évité le déchirement de ce jour... Mais, dites-moi, ne redoutez-vous pas l'isolement, le travail, la pauvreté?

Elle réprima un frisson.

— Ce n'est pas la première fois que je les affronte... Voulez-vous seulement transmettre

à ces dames une requête instante?.. Je leur
recommande les domestiques, qui sont
fidèles et dévoués, et aussi la vieille femme
qui garde l'hôtel de la rue des Dames... Elle
a dépassé les limites ordinaires de la vie,
et voudrait mourir là où elle est née... Je
sais que Mlles de Saint-Yves sont bonnes...

Il s'inclina en silence, et elle reprit, jetant
un regard sur la pendule et essayant d'af-
fermir sa voix :

— Je crois que l'heure de mon départ approche... Pardonnez-moi de vous le rappeler...

Alain se leva, et, s'appuyant contre la cheminée, l'arrêta d'un geste.

— Non, vous avez encore le temps de
m'entendre, et j'ai à vous parler... Si ma mère
vivait, elle serait en ce moment à mon côté...
Essayez de penser qu'elle n'est pas loin de
vous... Son souvenir, du moins, plane sur
nos pensées, n'est-il pas vrai?...

Elle crut qu'il cherchait le moyen de lui
offrir, sans la blesser, un secours pécuniaire
au nom de ses clientes, et se leva rapidement
comme pour protester. Mais il reprit aussitôt

d'une voix qu'une émotion soudaine rendait presque inintelligible :

— Vous m'avez dit que le temps presse ; vous m'excuserez donc de vous adresser, brusquement et sans intermédiaire, une question d'où dépendent de suprêmes intérêts... Vous êtes trop loyale pour pouvoir me tromper, et je vous conjure de me répondre sincèrement, dussent vos paroles me briser le cœur... Il y a longtemps que je vous aime, et j'ai souffert amèrement quand cette fortune à laquelle vous renoncez s'est trouvée entre nous..... Puis-je croire qu'il n'y a point d'autre obstacle?.. Si je vous demande d'être ma femme, puis-je espérer que vous serez heureuse et que vous m'aimerez aussi?...

Le soleil se levant dans la nuit sombre eût semblé pâle auprès des clartés subites qui illuminèrent le triste horizon de Paule.

Elle ferma les yeux comme si elle eût eu peur de s'éveiller d'un rêve... La Providence miséricordieuse lui accordait-elle donc le bonheur « *par surcroît* » ?...

— Répondez, dit-il d'un ton d'angoisse. Ah! sans doute je me suis bercé d'une folle espérance! Je suis un égoïste de vouloir lier votre vie à celle d'un misérable infirme! Dites, pourriez-vous être ma femme, ma femme heureuse et chérie?

— Votre mère m'avait déjà adressé cette question, dit-elle enfin, d'une voix tremblante.

— Ma mère! Et que lui aviez-vous répondu?

Paule ne put dire un seul mot, mais elle lui tendit ses deux mains en le regardant en face, et il lut dans ses yeux brillants, radieux, mouillés de pleurs, combien il avait été aimé...

— Paule, murmura-t-il, en ce moment béni où nos cœurs parlent ensemble, que leur premier battement de joie soit pour celui qui nous a réunis... Grâces soient rendues à Dieu!

— A jamais! répondit-elle avec ferveur.

Il retint quelques instants ses mains dans les siennes, puis, lui indiqua du geste le fauteuil qu'elle avait quitté. Sur ses traits, tout à l'heure agités par une anxiété pénible avait soudain reparu le calme délicieux qui accompagne tout sentiment profond et pur.

Mais elle demeura debout, et montra de nouveau la pendule :

— Je ne puis rester, dit-elle; si douces que me semblent nos fiançailles, je ne puis jouir de ces précieux moments... J'ai fait dire aux dames de Saint-Yves que je partirais ce soir.

— C'est moi qui dois leur porter ce message, répliqua-t-il avec un léger sourire, mais je ne vois pas pourquoi vous les fuyez...

— Quoi! vous ne comprenez pas que la délicatesse m'en fait un devoir? Peut-être voudraient-elles m'obliger à retenir quelque chose de cette fortune...

— Ceci me regarde *maintenant*, dit-il avec une douceur mêlée de fermeté; laissez-moi traiter cette question; vous savez bien que, pas plus que vous, je n'accepterais rien de ce à quoi vous avez renoncé... Ce que j'ai vous suffira, n'est-ce pas?.. Ce n'est point la fortune, c'est seulement l'aisance; mais je serai heureux de travailler pour vous... Et à présent, voulez-vous me confier dès aujourd'hui la direction de votre vie?... Je vous ai entendue dire un jour que vous aviez soif d'obéissance... Puis-je anticiper sur mes droits, et vous tracer ce que je crois être la meilleure ligne de conduite?

Il souriait, et dans son regard se lisait ce mélange de tendresse et de douce et paisible autorité que toute femme raisonnable et intelligente doit souhaiter de rencontrer chez le compagnon de sa vie.

— Que désirez-vous de moi? demanda-t-elle avec cette simplicité et cette docilité qui avaient jadis paru à Mme de Vouvres l'un des plus vifs attraits de sa nature.

— Restez ici, et consentez à voir dès demain mes cousines. Ou je me trompe fort, ou il va se produire chez Mme de Saint-Yves un revirement passionné en votre faveur; si elle vous demande d'attendre ici l'époque de notre mariage, acceptez franchement. Agir autrement, ce ne serait plus de la délicatesse, ce serait de l'orgueil. Voulez-vous suivre mon conseil?

— Oui, dit-elle vivement, les larmes aux yeux, je sais que je puis vous accepter pour guide...

— Merci, votre confiance m'est précieuse...

A demain donc, je vais porter au Chemin-
Vert la joie et la paix; mais mon bonheur
dépasse encore celui dont je suis le mes-
sager...

— Nous l'avons chèrement acheté! murmura-t-elle.

— Oui, répliqua-t-il en souriant, mais ré-
pétez-moi que vous ne regrettez pas cette
fortune.

— Oh! ce n'est pas à cela que je pensais!
dit-elle simplement... Hâtez-vous maintenant, je suis impatiente que Noëlla soit aussi
heureuse que moi...

XXII.

Il faisait nuit close lorsqu'Alain de Vouvres
descendit de voiture devant la grille du
Chemin-Vert.

Les deux jeunes filles travaillaient en
causant près d'une petite table, et leur mère,
assise dans son fauteuil, immobile et silencieuse selon son habitude, regardait vaguement le feu, et écoutait distraitement ses filles.

— Une voiture! s'écria Noëlla, relevant tout à coup la tête. Est-ce que ce serait M. Belley?

— M. Belley! Tu le vois partout, dit Blanche d'un ton enjoué. Que viendrait-il faire à cette heure? T'annoncer un nouveau client?...

Mais à ce moment Alain entrait, plus pâle que de coutume, quoique son visage rayonnât de joie.

— Alain! qu'y a-t-il? s'écria Noëlla tremblante.

Il lui sourit sans répondre, et s'approchant de Mme de Saint-Yves, qui le regardait, étonnée, il prit sa main maigre et diaphane.

— Ma chère cousine, lui dit-il d'un accent doux et ému, pouvez-vous supporter une grande joie?

— Une grande joie? répéta-t-elle de sa voix sourde et incertaine.

— Un bonheur inattendu... Puis-je parler? Après tant de souffrances, aurez-vous la force de voir venir la prospérité?

— Parlez! dit-elle, portant la main à son cœur.

— La Garenne vous est rouverte, la fortune de votre sœur vous est rendue...

Un double cri lui répondit. Noëlla s'était
levée, pâle d'émotion, et Mme de Saint-Yves
dévorait Alain du regard. Blanche seule restait immobile, attendant une explication de
ce fait inouï.

— Quoi! reprit la mère avec agitation,
ce procès....

— Le procès a été perdu sans espoir, il
y a des années. Mais Mlle du Plantier a une
conscience délicate et un noble cœur; elle
a eu connaissance hier seulement de tout ce
qui s'est passé, et elle se déclare obligée à
suivre des volontés dont elle ne peut mé-
connaître l'authenticité. Elle vous abandonne
tout ce qu'elle possède au monde.

Noëlla se mit à sangloter, mêlant dans
une exclamation incohérente les noms
d'Edmond et de Paule.

Mme de Saint-Yves murmura :

— C'est si beau, ce que vous me dites là,
que je crois rêver... Je reverrai la Garenne!..
Est-ce possible!..

Ses filles la couvraient de baisers; elle s'arracha doucement à leur étreinte et reprit :

— Mais elle?.. Nous n'accepterons pas un tel sacrifice, il faut partager...

— Mlle du Plantier n'y consentirait pas, répondit Alain, secouant la tête avec un sourire. Mais ne vous inquiétez pas de son avenir... Je vous supplierai seulement de lui donner pour quelque temps une hospitalité maternelle... jusqu'à son mariage.

— Quoi! elle se marie! s'écria Noëlla.

Blanche regarda Alain.

— C'était *elle?* murmura-t-elle avec une douce sympathie.

— Oui, chère cousine, elle que j'aimais si tendrement et qu'aujourd'hui j'admire de tout mon cœur,... elle que séparait de moi cette malheureuse fortune...

La veillée se prolongea jusqu'au moment où Blanche, craignant pour sa mère l'excès même de cette joie, la força doucement à se livrer au repos. Alain acceptait ce soir-là l'hospitalité du Chemin-Vert. Comme on se séparait pour la nuit, il s'approcha de Blanche.

— Mlle du Plantier sera pour vous une amie,

n'est-ce pas, ma chère Blanche ? Ah ! vous
ne pouvez pas comprendre combien je suis
heureux !

— Je le devine, Alain ; une telle compagne est une bénédiction. Tous vous réalisez
votre rêve, ajouta-t-elle avec mélancolie,
levant son beau regard de sainte exilée. Moi
seule ne puis suivre la voie que j'ambition-
nais ; la santé de ma mère ne me permettra
jamais d'entrer au couvent...

Elle essuya rapidement une larme : ce fut
la seule plainte qu'elle proféra jamais.

. . . .

Le lendemain, Paule, timide et inquiète,
reçut à la Garenne les dames de Saint-Yves.
Le bourg tout entier était en révolution, on
avait passé tant d'années sans voir Mme Emma !.. Celle-ci pressa sur son cœur, sans pouvoir parler, la noble créature qui lui rendait
le repos et la fortune, et, se soutenant à peine,
elle entra dans le petit salon.

O cher lieu familier ! O image chérie de la
pauvre Isabelle, si mal jugée jadis, aimée
depuis avec tant de remords ! Ses yeux tom-

bent sur le bouquet de camélias, et soudain se remplissent de pleurs... La source de ces larmes paraissait tarie, mais avec elles s'en va l'amertume qu'une longue injustice et une sourde rancune avaient amassée en son cœur... Pleurez, pauvre femme, les larmes soulagent, les larmes purifient...

L'égarement de son visage a disparu quand elle embrasse de nouveau Paule du Plantier.

—Blanche, dit-elle d'une voix calme et reposée, *maintenant*, je puis prier... Tu me conduiras à l'église.....

XXIII.

Un mois après, deux fiancées sortaient de la Garenne pour s'agenouiller ensemble dans la modeste église de Talansac. Le village était en fête, car chacun avait eu sa part de joie.

Pourquoi, hélas! n'était-elle pas là, celle qui avait la première éveillé dans le cœur de Paule l'amour qui aujourd'hui le remplis-

sait de bonheur ?... Mais elle dut voir et bénir
ses enfants en ce jour solennel...

Mlle de Lonjac, elle, pleurait d'émotion dans
son banc; son cœur toujours jeune pouvait
sympathiser avec la joie comme avec la douleur de Paule.

. . . .

Et maintenant, cher lecteur, nous vous
prions de vouloir bien faire avec nous trois
visites. Rassurez-vous si vous n'aimez point
les visites de cérémonie : nos amies ne vous
forceront pas à rêvêtir votre toilette des
grands jours.

D'abord, connaissez-vous Montfort-sur-
Meu, ou Montfort-la-Canne, comme on l'appelle dans le pays, en souvenir d'une lé-
gende que je vous dirai peut-être un autre
jour?

C'est une petite ville ancienne et pittoresque, avec une vieille tour curieuse, et une
rivière ombragée de grands arbres; je devrais presque dire un ruisseau, car le batelet
d'un enfant voguerait seul sur ces eaux lim-

pides. Elle borde d'un côté la rue, et, de l'autre, arrose dans ses détours les prairies et les jardins de quelques maisons privilégiées. C'est dans un de ces jardins que nous trouverons Noëlla ; elle travaille à l'ombre des arbres, au bord de l'eau, le sourire sur les lèvres, plus jolie que jamais dans sa toilette simple et élégante, et attendant le retour de son mari. Le bonheur a élu domicile, — espérons que c'est pour longtemps, — dans cette fraîche et paisible demeure. Deux êtres jeunes, généreux et bons, sont heureux l'un par l'autre sous l'œil de Dieu, et sanctifient leurs joies en tâchant d'en répandre d'autres autour d'eux.

Une demi-heure de chemin de fer nous transporte à Rennes. Arrêtez-vous devant cette petite maison séparée de la rue par une grille et un parterre. Des cris joyeux frappent votre oreille : une petite fille leste et gaie s'ébat en liberté dans le jardin situé derrière la maison... Ce salon un peu antique, où chaque vieux meuble a été respecté, c'est le salon de Mme Alain de Vouvres, et

c'est elle-même que nous voyons, lisant paisiblement tout en surveillant les jeux d'Anna,
et jetant de temps à autre un regard d'indicible tendresse vers la porte ouverte du cabinet de son mari... Eux aussi sont heureux,
— heureux parce que leur amour a été sanctifié par le sacrifice; heureux parce que l'un et
l'autre ont immolé tout d'abord leur bonheur au sens rigoureux du devoir; heureux,
enfin, parce qu'un lien si fort et si pur les
unit, que la mort même ne saurait les séparer...

Mathurine va et vient joyeusement, gron-
dant encore par habitude la belle jeune
femme de son maître, et s'essuyant les yeux
à la dérobée en murmurant :

— C'est tout le portrait de Madame!

Enfin, cher lecteur, nous retrouverons
ces deux ménages à la Garenne, chaque
dimanche. Mme de Saint-Yves, calmée par le
bonheur et la religion, recouvre chaque
jour l'équilibre de son esprit et de sa santé.
Blanche est le bon ange de sa mère et aussi
du pays tout entier.

Seule, *Mademoiselle* manque à la réunion...
Quelque temps après le double mariage,
elle s'est endormie paisiblement, et chaque
semaine, c'est sur sa tombe que Paule dé-
pose pieusement un bouquet de bienvenue.

FIN.

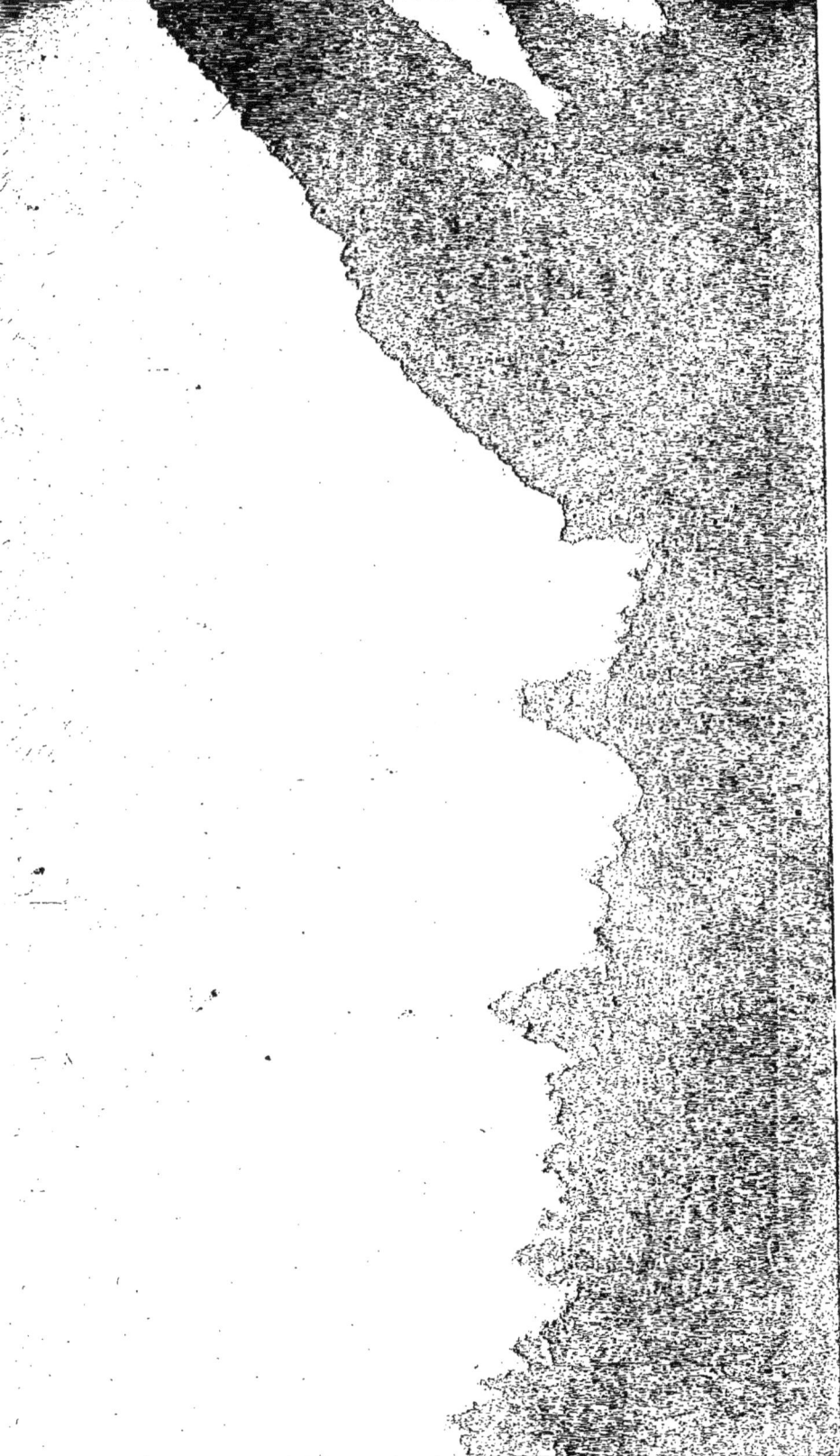

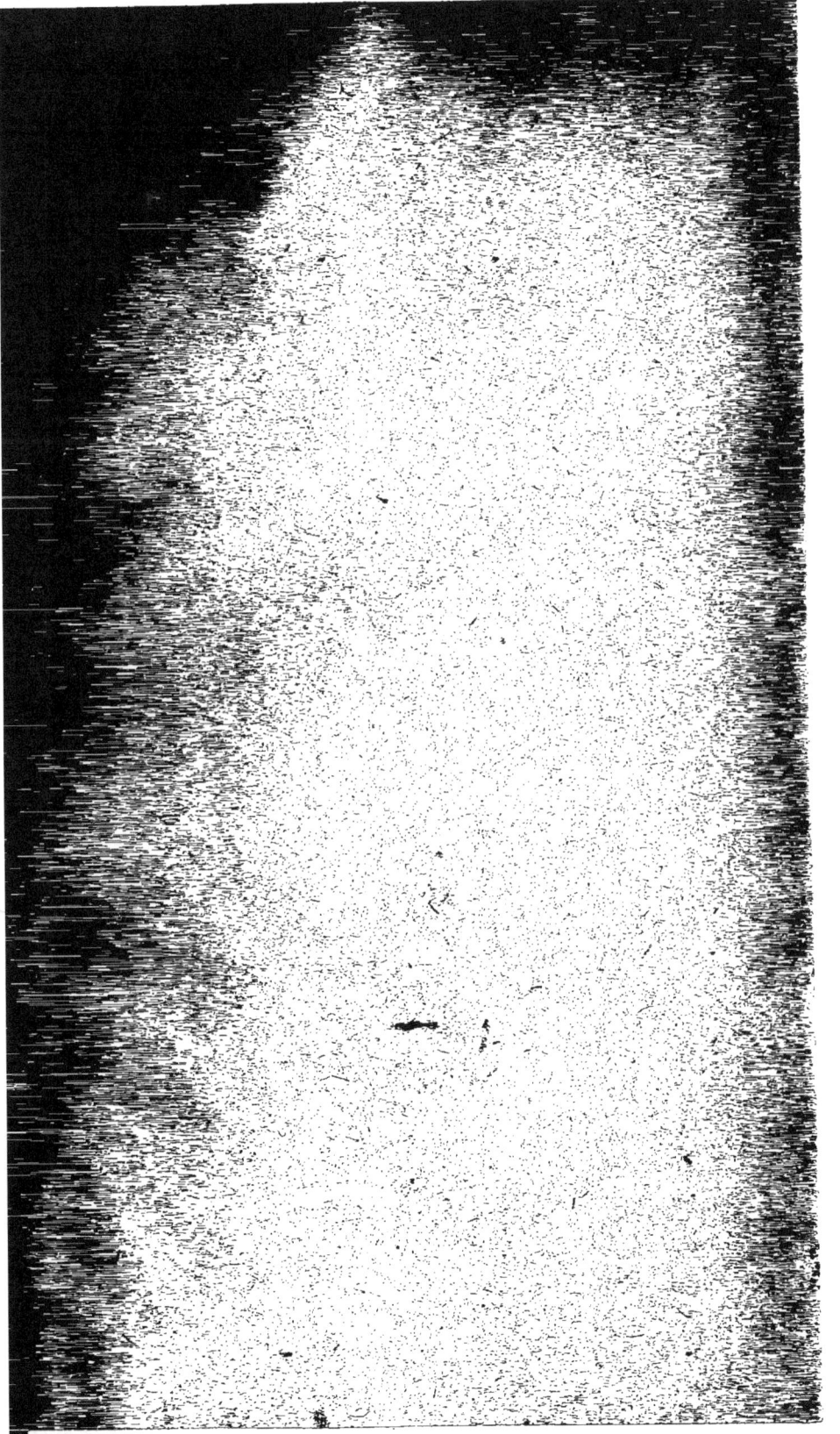

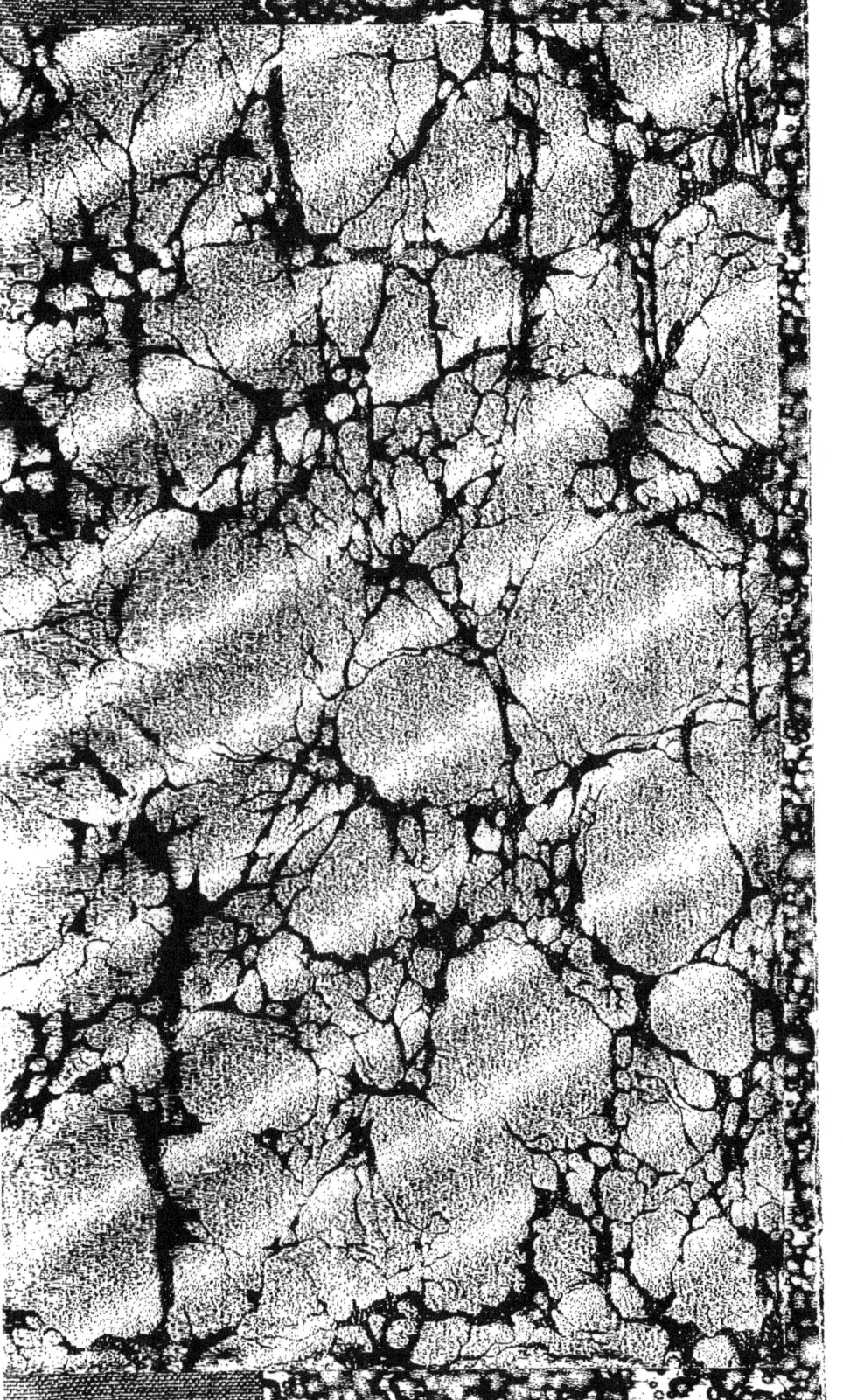

www.ingramcontent.com/pod-product-compliance
Lightning Source LLC
Chambersburg PA
CBHW050155030726
47505CB00005B/1388